Babybrei selber kochen

Die 100 besten Babybrei Rezepte für Ihr Kind unterteilt nach Alter. Inklusive Einführung, Tipps und Tricks für Eltern.

Cooking Academy

Inhaltsverzeichnis

1. Babybrei

Jeder Elternteil stellt sich irgendwann Fragen, wie: Ab wann gebe ich meinem Baby Brei? Was muss ich beachten? Soll ich selber kochen oder lieber Brei kaufen? Vermutlich hast du dieses E-Book gekauft, weil du dir diese Fragen auch schon einmal gestellt hast. Diese Einführung gibt dir eine kleine Orientierungshilfe. Daran schließt das zweite Kapitel dieses E-Books an: 100 Rezepte für Kinder in verschiedenen Altersgruppen. Einfach mal ausprobieren! Kapitel drei gibt Hinweise auf Websites, die weitere Informationen und Vernetzungsmöglichkeiten bieten.

Jetzt direkt zum Thema: Das Wort kennt praktisch jeder, doch was ist Babybrei eigentlich? Babybrei ist eine Form der sogenannten „Beikost“. Zu dieser Kost zählen sämtliche Nahrungsmittel, die nicht Säuglingsmilchnahrung oder Muttermilch sind. Ab einem Lebensalter von 4 bis 5 Monaten kann ein Baby mit Babybrei langsam an halbfeste Nahrung gewöhnt werden. Babybrei ist also ein Zwischenschritt auf dem Weg von Milchnahrung zu fester Nahrung.

Babybrei selber kochen hat Vorteile!

Grundsätzlich kann Babybrei gekauft oder selber gekocht werden. Fünf Argumente, die für selbst kochen sprechen:

1. **Zutaten**

   Je nach Geschmack können die Zutaten flexibel kombiniert werden. Ein Vorteil für Allergiker und jedes Kind mit ausgeprägten Vorlieben.

2. **Keine unnötigen Zusatzstoffe**

   Freie Wahl des Produkts: Selbst entscheiden, ob Bio-Produkte oder konventionell hergestellte Produkte verwendet werden. Selbst entscheiden, ob Zucker und Gewürze hinzugegeben werden.

3. **Kosten sparen**

   Die Verwendung von saisonalem und regionalem Gemüse und Obst kann die Kosten der Babynahrung senken. Markenprodukte sind häufig gut, aber teuer. Deshalb ist selber kochen nicht nur eine Entscheidung für individuelle Qualität, sondern auch für Sparsamkeit und Nachhaltigkeit.

4. **Keine unnötige Lagerung und Entsorgung**

   Wird selbst gekocht, kann die Menge der Nahrung am eigenen Bedarf ausgerichtet werden. Es entsteht deshalb kein Platzproblem durch die Lagerung von Gläschen oder deren Entsorgung.

5. **Ausgewogen und individuell**

   Wenn Eltern selbst kochen, können sie dem Kind selbst ausgewogene Kost gemäß den eigenen Wünschen und Bedürfnissen bieten. Sie können individuell auf ein ausgewogenes Verhältnis an Vitaminen, Mineralien, Fetten und Kalorien achten. Falls das Verhältnis aus ärztlicher Sicht verändert werden muss, können Eltern aktiv Anpassungen umsetzen, ohne bereits gekaufte Säuglingsnahrung ungenutzt stehen zu lassen, oder neu einkaufen zu müssen.

Tipps für die Zubereitung von Babybrei

Selbst kochen kann Spaß machen! Das wirst du bald feststellen. Damit du möglichst lange Spaß und Freude am Kochen hast, erhältst du in diesem Kapitel noch ein paar praxisorientierte Tipps:

1. **Die Zutaten sind Vor- und Nachteil zugleich:**

   Du hast die freie Auswahl und bist unabhängig von den Angeboten der Babynahrungshersteller. Gleichzeitig musst du dich intensiv damit beschäftigen, welche Zutaten du wann geben darfst. Im Zweifelsfall kann der Kinderarzt bzw. die Kinderärztin als beratende Person hinzugezogen werden. Hol dir alle Informationen, die du bekommen kannst! Wenn du weißt, welche Zutaten genau für dein Baby richtig sind, kannst du dich mit umso mehr Freude ans Kochen machen.

2. **Nur Top-Qualität führt zu Top-Brei!**

Eigentlich ist es logisch: Verwende nur hochwertige Zutaten, um Brei mit bestmöglicher Qualität zu kochen. Je frischer die Zutaten sind, desto mehr Vitamine und Nährstoffe sind enthalten. Da du die Schadstoffbelastung selbst nicht kontrollieren kannst, nimmst du am besten Bio-Produkte. Dein Babybrei soll schließlich nicht mit Giften, wie zum Beispiel Pestiziden, belastet sein.

3. **Abwechslung ist der Schlüssel zu einem ausgewogenen Nährstoff-Mix!**

Beginne mit Gemüse, später kommen Kartoffeln und Fleisch dazu. Wechsle ab, so erhält dein Kind Nährstoffe aus unterschiedlichen Quellen.

4. **Schonende Zubereitung**

Damit keine Vitamine und Mineralstoffe im Kochprozess verloren gehen, solltest du dein Gemüse möglichst schonend zubereiten. Wie das geht? Im Prinzip sehr einfach: Koche Lebensmittel nur geradeso lange, wie nötig. Gemüse solltest du besser dünsten, statt zu kochen. Kleine Stücke garen schneller, also denk daran, die Zutaten deines Breis vor dem Kochen in kleine Stücke zu schneiden.

5. **Babybrei nicht würzen**

Scharfe Gewürze, Salz, Aromen und Nüsse sind nicht nötig und können die Gesundheit deines Kinds sogar überfordern.

Es hat empfindliche Geschmacksnerven und Nieren, die sich noch entwickeln. Lass dich gegebenenfalls von einem Arzt deiner Wahl beraten.

Das Gute: Du brauchst Extras, wie Gewürze oder Aromen, nicht. Dein Baby wird den puren Geschmack des Lebensmittels spannend genug finden.

6. **Die richtige Konsistenz**

   Ein wichtiger Punkt, da dein Baby wahrscheinlich noch nicht beißen kann. Achte besonders am Anfang darauf, dass du alles fein pürierst. Nach und nach kann es auch kleine Stückchen essen. Wann du damit anfängst, auch etwas festere Nahrung zu geben, ist eine Entscheidung, die du ganz individuell für dein Kind triffst.

7. **Richtiges Aufbewahren geht einfach**

   Koche Babybrei selbst auf Vorrat und friere ihn in kleinen Portionen ein. Entscheidest du dich für eine Lagerung im Kühlschrank, solltest du den Brei maximal einen Tag aufbewahren. Spätestens nach 24 Stunden ist die Keimbelastung sehr wahrscheinlich zu hoch.

8. **Hygiene, Hygiene und nochmals Hygiene!**

   Im gesamten Kochprozess, von der Auswahl der Zutaten bis hin zur Aufbewahrungsmethode ist Keimfreiheit entscheidend. Wasche deshalb Geschirr, Obst und Gemüse vor dem Gebrauch immer unter fließendem Wasser ab. Eventuell vorhandene Schadstoffe und Schmutz haben nichts in deinem Babybrei verloren.

Tipps für die Aufbewahrung von Babybrei

Du kannst Babybrei aufbewahren.

Grundsätzlich hast du dabei verschiedene Möglichkeiten:

1. **Kühlschrank**

   Babybrei in eine sorgfältig gereinigte luftdicht verschließbare Schüssel geben. Deckel schließen. Dein selbst gemachter Brei kann einen Tag lang im Kühlschrank gelagert werden. Um sicherzugehen, dass die Keimbelastung nicht zu hoch wird, sollte der Brei nicht länger aufbewahrt werden.

2. **Gefrierschrank**

   Babybrei portionsweise in Gefrierbeutel füllen, einfrieren, innerhalb von 6 bis 8 Wochen aufbrauchen. Sobald der Brei aufgetaut wurde, sollte er innerhalb eines Tages aufgebraucht werden.

   Willst du Babybrei in kleineren Portionen einfrieren, kannst du zum Beispiel Eiswürfelschalen verwenden. Entscheide dich am besten abhängig vom jeweiligen Brei und deinem individuellen Bedarf, wie du den Brei einfrierst – Gefrierbeutel, Glas oder Eiswürfelschalen. Hast du eine Portion Brei aufgewärmt, solltest du sie nicht erneut eingefrieren oder nochmals erwärmen! Lass dich bitte ernährungsmedizinisch von deinem Kinderarzt oder deiner Kinderärztin beraten! So erhältst du auf dich und dein Baby zugeschnittene Informationen über die richtige Hygiene und Ernährung.

Richtiges Auftauen:

Um Vitaminverluste zu verhindern, solltest du den Brei möglichst schnell und direkt vor dem Füttern auftauen. Dazu kannst du deine Mikrowelle oder ein Wasserbad nutzen. Dann rührst du den Brei noch einmal gründlich um und prüfst die Temperatur des Breis. Achte bitte darauf, dass du nach dem Erwärmen in der Mikrowelle besonders gründlich umrührst. Es kann passieren, dass er Brei in der Mikrowelle nur ungleichmäßig erhitzt wird.

Der lange Weg: vom ersten Babybrei zu „essen wie die Eltern“

Wenn du dich gut informiert und Spaß am Kochen hast, wirst du dein Baby gut durch den Entwicklungsprozess von flüssiger zu fester Nahrung führen. Bei gesundheitlichen Fragen hilft dir der Kinderarzt deines Vertrauens weiter.

Dein Kind durchläuft in seinen ersten 18 Monaten eine spannende Zeit: Es entdeckt jeden Tag Neues und entwickelt sich weiter. Neue Lebensmittel sind in dieser Zeit interessant, spannend und bringen Abwechslung in die Ernährung.

Ein kleiner Überblick über die ersten 18 Lebensmonate:

- **0 bis 4 Monate**

  Das Baby braucht nur Mutter- oder Säuglingsmilch. Denn vor dem vierten Lebensmonat kann das Verdauungssystem des Kindes feste Nahrung nicht verarbeiten. Der sogenannte „Verdrängungsreflex“ verschwindet ab dem vierten Monat langsam. Dieser Reflex sorgte bisher dafür, dass das Kind seine Zunge instinktiv aus dem Mund schiebt, wenn andere Nahrung als Flüssignahrung zugeführt wird. Sobald dieser Reflex nachlässt, ist der richtige Zeitpunkt gekommen, um den Kinderarzt bzw. die Kinderärztin als Berater, Beraterin für den Prozess der Beikosteinführung hinzuzuziehen.

- **4 bis 6 Monate**

  Das Kind zeigt Interesse am Essen der Eltern und kann nun neben der Flüssignahrung auch andere Lebensmittel zu sich nehmen. Schrittweise können jetzt neue Lebensmittel eingeführt werden.

- **7 bis 9 Monate**

  Das Kind entwickelt die Fähigkeit, Essen mit den Fingern zu greifen: Zwischen Zeigefinger und Daumen können kleine

Objekte festgehalten werden, mit dem sogenannten Pinzettengriff. Babybrei kann nun um „Finger Food“ erweitert werden, zum Beispiel Bananenstücke, weiche Karotten oder weiche und ungesalzene Brotstangen.

- **9 bis 12 Monate**

  Gegen Ende des ersten Lebensjahres ist der Verdrängungsreflex vollständig verschwunden und das Kind hat bereits erste Zähne. Deshalb fällt das Schlucken leichter und das Kind kann den größten Teil seiner Nährstoffe über feste Nahrung erhalten. Von Tag zu Tag kann das Kind besser den Löffel halten. Jetzt kann geschnittenes Essen eingeführt werden, wie Geflügel oder gekochtes Gemüse. Da sich die Kauleisten erst zwischen dem 18. und dem 24. Monat entwickeln, ist darauf zu achten, dass sich das Essen im Mund auflösen kann.

- **12 bis 18 Monate**

  Das Baby wird nun zum Kleinkind und entwickelt Vorlieben für bestimmte Gerichte. Es wird mobil und immer unabhängiger. Eltern können in dieser Phase darauf achten, möglichst nahrhafte Zwischenmahlzeiten und kleine Portionen bereitzuhalten. Das Kind kann jetzt Vollmilch trinken und sollte, wenn möglich, auch in dieser Phase gezielt mit natürlichen Produkten ernährt werden.

Auch jetzt sollte darauf geachtet werden, dass das Kind nicht zu stark angebratene, stark blähende, stark gewürzte oder zu fettige Nahrungsmittel bekommt. In diese Kategorien würden zum Beispiel Chili, Pommes frites, Kohl oder Zwiebeln fallen.

Selbst kochen hat in den ersten Lebensmonaten also eindeutige Vorteile. In jeder Entwicklungsphase können Eltern ihre Kinder individuell und bewusst begleiten und unterstützen.

Ab wann und wie mit Beikost starten?

Häufig wird empfohlen, 6 Monate lang zu stillen. Etwa ab dem 5. Monat kann mit der Einführung von Beikost begonnen werden: Zwischen dem 5. und dem 7. Lebensmonat treten in der Regel Reifezeichen auf, die darauf hindeuten, dass mit Beikost begonnen werden kann. Zu diesen Zeichen zählt zum Beispiel ein starkes Interesse an der Nahrungsaufnahme der Eltern, zum Beispiel erkennbar an Kaubewegungen des Kindes. Die Gewöhnung an Beikost kann und sollte individuell auf das einzelne Kind abgestimmt werden. Sie könnte zum Beispiel so ablaufen:

Alter	**Informationen (Beispiel)**
5.-7. Lebensmonat	Das Kind muss langsam daran gewöhnt werden, festere Nahrung als Milch zu sich zu nehmen. Stufe 1: Reiner Gemüse- oder Obstbrei, z. B. Obstbrei aus Apfel und Banane, Apfel-Mohrrüben-Brei. Stufe 2: Dem Brei etwas Kartoffeln hinzufügen, die später durch Reis oder Nudeln ersetzt werden. Stufe 3: Etwas Öl oder Fleisch hinzufügen, z. B. Sonnenblumenöl oder Rapsöl, mageres Rind- oder Geflügelfleisch. ➔ eine neue Zutat pro Woche ➔ zunächst mittags Beikost ➔ nach 4 bis 6 Wochen auch abends Stufe 4: abends Vollmilch-Getreide-Brei, z. B. mit Hafer- oder Vollkornflocken.

7.- 9. Lebensmonat	Stufe 5: Auch das Frühstück in Breiform, z. B. Getreide-Obst-Brei ohne Milch, nun morgens und abends. ➔ weder Salz noch Zucker ➔ maximal 1 süßer Brei am Tag
ab dem 8. Lebensmonat	Stufe 6: - Versuchen, zusätzlich klein geschnittene und zermatschte Nahrung zu geben. - Ungesüßte Tees (kalt oder lauwarm) und Wasser aus einer Schnabeltasse zu trinken geben. Fruchtsäfte zu Beginn nur stark verdünnt. - Einführung von neuen Lebensmitteln, wie z. B. Ei.
10.-12. Lebensmonat	Stufe 7: Kind nimmt immer mehr am Familienessen teil, Nahrungsmittel werden in mundgerechte Stücke zerteilt.
Ab 12. Lebensmonat	Stufe 8: Zusätzlich Milchprodukte, wie Joghurt, Käse oder Quark.

Um kurz zusammenzufassen: Zunächst wird der Mittagsbrei eingeführt, dann der Abendbrei und der Frühstücksbrei. Muttermilch wird nach und nach durch Beikost ersetzt. Ein langsamer Prozess, der sehr individuell gestaltet und auf das einzelne Kind abgestimmt wird.

Der Speiseplan des Kindes wird nach und nach um weitere Nahrungsmittel ergänzt. Schon ab dem 5. bis 6. Lebensmonat können viele unterschiedliche Nahrungsmittel gegessen werden: Kohlrabis, Blumenkohl, Reisflocken, Äpfel, Öl, Bananen, Apfelsaft, Butter, Brokkoli,

Zucchini, Kürbis, Reis, Mohrrüben, Pastinaken, Nudeln, Kartoffeln und Fleisch. Ab dem 6. bis 8. Lebensmonat kann der Speiseplan um weitere Nahrungsmittel ergänzt werden, wie Pfirsiche, Vollmilch, Birnen, Fisch und Getreide, wie zum Beispiel Hafer- oder Vollkornflocken. Erbsen, Mangos, Aprikosen, Eier und Brot ab dem 8. bis 10. Lebensmonat. Ab dem 12. Lebensmonat zusätzlich Käse, Quark und Joghurt.

In diesem Sinne: Viel Spaß beim Ausprobieren der folgenden Rezepte für Babybrei!

2. 100 Rezepte

Dein Baby und du - ihr befindet euch auf einer spannenden Reise: Ab dem vierten Monat wirst du vermutlich die erste Beikost einführen. Vom einfachen Babybrei, wie zum Beispiel Apfelmus, wirst du zu abwechslungsreichen Breirezepten wechseln und dann, etwa ab dem 9. Monat, langsam auf feste Nahrung umstellen. Zunächst „Fingerfood", wie zum Beispiel weiche Gemüsestücke oder klein geschnittene Nahrung. Du kannst beispielsweise Pfannkuchen oder Omelette in mundgerechte Stücke schneiden.

Deine Ausrüstung sollte immer hygienisch einwandfrei sein. Für das Kochen des Babybreis kannst du auf deine vorhandenen Küchengeräte zurückgreifen: Du wirst mindestens einen (antihaftbeschichteten) Topf brauchen, ebenso einen Pürierstab. Küchenpapiertücher, mindestens einen Rührlöffel und Gefrierbeutel, um Babybrei für maximal 8 Wochen im Gefrierschrank zu lagern.

Die folgenden 100 Rezepte sollen dir als Inspiration dienen. Lies sie durch, probiere sie selbst aus und hab dabei Spaß! Die Rezepte sind im Folgenden in 7 Altersgruppen unterteilt: Rezepte ab 4 Monate, ab 5 Monate, ab 6 Monate, ab 7 Monate, ab 8 Monate, ab 9 Monate und ab 10 Monate. Selbstverständlich kannst du die Lieblingsrezepte deines Babys im Alter von 4 Monaten auch noch füttern, wenn dein Baby 10 oder 12 Monate alt ist.

Ab 4 Monate

Sobald der Verdrängungsreflex abnimmt, kann mit halbfester Nahrung begonnen werden. Zunächst mit reinem Gemüse- oder Obstbrei, dann mit gemischtem Brei und Getreidebrei.

Milde Gerichte mit gesunden Zutaten bieten deinem Baby einen sehr guten Einstieg in die Beikost: Apfelmus, Zucchini- oder Karottenbrei sind nur einige der Möglichkeiten, die du und dein Baby jetzt neu entdecken könnt.

Rezepte:	**Anzahl der Zutaten**	**Zubereitungszeit**	**vegetarisch**
Apfelmus	2	15 Minuten	ja
Fleisch-Gemüse-Kartoffelbrei	5	45 Minuten	nein
Getreidebrei mit Obst	4	15 Minuten	ja
Kartoffelbrei mit Fenchel	3	45 Minuten	ja
Karottenbrei	2	45 Minuten	ja
Karottenbrei mit Hähnchen	4	20 Minuten	nein
Kartoffelbrei mit Hirse und Spinat	5	40 Minuten	ja
Karottenbrei mit Kartoffeln und Rind	8	60 Minuten	nein
Kartoffelbrei mit Karotten und Fleisch	6	25 Minuten	nein
Kartoffelbrei mit Roter Bete und Rindfleisch	5	35 Minuten	nein
Kürbisbrei	3	15 Minuten	ja
Obst-Getreidebrei	4	15 Minuten	ja
Pastinakenbrei	5	23 Minuten	ja
Reisbrei mit Apfel und Birne	4	35 Minuten	ja
Süßkartoffelbrei mit Pastinaken, Fenchel und Kürbis	6	30 Minuten	ja
Vegetarischer Brei	5	30 Minuten	ja
Zucchinibrei	3	15 Minuten	ja

Apfelmus

Äpfel sind sehr gesund. Sie enthalten sehr viele Vitamine, Spurenelemente und wichtige Mineralstoffe, wie Kalium, Magnesium oder Eisen.

Zutaten	Zubereitungszeit
2	15 Minuten

Zutaten:

- 500 ml Wasser
- 1 Apfel

Zubereitung:

1. Apfel unter fließendem Wasser gut abwaschen, dann schälen und in Stücke schneiden.
2. Apfelstücke in einem antihaftbeschichteten Topf mit Wasser kochen.
3. Wenn die Apfelstücke weich sind, fein pürieren.

Fleisch-Gemüse-Kartoffelbrei

ab 4 bis 6 Monate

Zutaten	Zubereitungszeit
5	45 Minuten

Zutaten:

- 40 bis 60 g Kartoffeln
- 90 bis 100 g Gemüse nach eigener Wahl
- 20 bis 30 g mageres Fleisch (Bio)

- 2 TL Rapsöl
- 3 bis 4 EL Obstsaft nach eigener Wahl

Zubereitung:

1. Kartoffeln und Gemüse gut waschen, dann schälen bzw. putzen und in kleine Stücke schneiden.
2. Fleisch gut abwaschen und klein schneiden.
3. In einen Topf ca. 150 ml Wasser gießen, dann zum Kochen bringen.
4. Gemüse und Fleisch in das kochende Wasser geben, Deckel schließen.
5. Für etwa 20 Minuten garen lassen, bis Gemüse und Fleisch durch bzw. weich sind.
6. Den Obstsaft hinzugeben.
7. Mit einem Mixer alles pürieren.
8. Rapsöl mit einem gut abgewaschenen Löffel unterrühren.

Getreidebrei mit Obst

Haferflocken enthalten viele Ballaststoffe, Vitamine, Mineralstoffe und Proteine. Das Gleiche gilt für Hirseflocken, deren Inhaltsstoffe sich günstig auf die Entwicklung von Haaren, Gelenken und Knochen auswirken können.

Zutaten	Zubereitungszeit
4	15 Minuten

Zutaten:

- 1 Birne oder Apfel (etwa 100 g)

- 20 g Hafer- oder Hirseflocken
- 100 g frisches Obst nach eigener Wahl
- 5 g Butter oder 1 TL Öl

Zubereitung:

1. 90 ml Wasser in einen Topf geben, Getreideflocken hinzugeben, beides aufkochen lassen.
2. Unter ständigem Rühren Getreide für ein paar Minuten quellen lassen.
3. Das gewählte Obst schälen, entkernen und in kleine Stücke schneiden. Dann in den Brei reiben.
4. Zuletzt Öl oder Butter untermischen.

Kartoffelbrei mit Fenchel

10 Portionen

Fenchel ist reich an Kalium und verdauungsfördernden Ölen.

Zutaten	Zubereitungszeit
3	45 Minuten

Zutaten:

- 600 g Kartoffeln
- 1 kg Fenchel
- 100 ml Öl, z.B. Rapsöl

Zubereitung:

1. Die Kartoffeln unter fließendem Wasser abwaschen, dann schälen und in Würfel schneiden.

2. Den Fenchel gut abwaschen, dann die Blätter und Stielansätze sowie Stängel entfernen. Ebenso würfeln.
3. Gemüsewürfel in einem Dampfgarer oder in Wasser kochen.
4. Öl hinzugeben, dann fein pürieren.
5. Falls der Brei zu dick ist, mit Wasser verdünnen.

Karottenbrei

8 Portionen

Karotten enthalten viele Spurenelemente und Mineralstoffe. Vitamine (C, E, …) sind weitere Argumente, die für das Essen von Karotten sprechen.

Zutaten	Zubereitungszeit
2	45 Minuten

Zutaten:

- ein wenig Wasser
- 1/2 Bund Karotten

Zubereitung:

1. Die Karotten unter fließendem Wasser gut abwaschen, dann in Stücke schneiden.
2. In etwas Wasser dünsten, bis die Karottenstücke weich sind.
3. Alles pürieren.

Karottenbrei mit Hähnchen

Brei aus Karotten kann variiert werden, zum Beispiel indem Hähnchenfleisch hinzugefügt wird. Hähnchenbrust kann zum Beispiel durch Rinderfilet oder Lachs ersetzt werden, ganz nach dem eigenen Geschmack.

Zutaten	Zubereitungszeit
4	20 Minuten

Zutaten:

- 100 g Hähnchenbrust
- 400 g Karotten
- 40 g Olivenöl oder Butter
- 280 ml Wasser

Zubereitung:

1. Die Karotten unter fließendem Wasser gründlich abwaschen, dann schälen und in kleine Würfel schneiden.
2. Hähnchen abwaschen bzw. säubern, dann die Haut entfernen. Hähnchen klein schneiden.
3. Hähnchenfleisch und Gemüse mit 280 ml Wasser in einem Topf weich kochen.
4. Butter zu der Mischung hinzufügen, alles pürieren.

Kartoffelbrei mit Hirse und Spinat

Kartoffeln, Hirse und Spinat bilden eine starke Kombination: Mineralstoffe, Mineralien und Spurenelemente – Nährstoffe, die jeder Körper gut brauchen kann.

Zutaten	Zubereitungszeit
5	40 Minuten

Zutaten:

- 100 g Kartoffeln
- 25 g Hirse
- 120 g Spinat
- 1 EL Rapsöl
- 2 EL Wasser

Zubereitung:

1. Alle Zutaten vor der Verarbeitung unter fließendem Wasser abwaschen.
2. Kartoffeln schälen und würfeln.
3. Spinat zerkleinern bzw. grob hacken.
4. In einem antihaftbeschichteten Topf die Hirse zum Kochen bringen (höchste Stufe, zwei- bis dreifache Wassermenge). Herunterschalten auf die niedrigste Stufe. Hirse für 20 Minuten aufquellen lassen. Alles Wasser sollte absorbiert sein.
5. Kartoffelwürfel und Wasser in einen Topf schütten. Auf niedriger Stufe für 15 Minuten kochen. Spinat für die letzten 5 Minuten mitkochen.
6. Falls nötig Wasser nachgießen.
7. Kartoffelbrei, Hirse und Rapsöl mischen und fein pürieren.

Karottenbrei mit Kartoffeln und Rind

7 Portionen

Ein Brei aus Karotten, Kartoffeln und Zucchini, ergänzt um Rindfleisch. Ideen für Variationen: Rindfleisch weglassen, dann ist dieser

Brei für Vegetarier geeignet. Je nach eigenem Geschmack kann das Rindfleisch auch durch andere Fleischsorten, wie zum Beispiel Hähnchen ersetzt werden.

Zutaten	Zubereitungszeit
8	60 Minuten

Zutaten:

- 300 g Kartoffeln
- 600 g Karotten
- 100 g Zucchini
- 80 g Rindfleisch
- 25 g Butter
- 1 Stängel Petersilie
- 1 Blatt Majoran
- nach Bedarf Wasser

Zubereitung:

1. In einem Schnellkochtopf das Rindfleisch bedeckt für 25 Minuten garen lassen.
2. Dann das Rindfleisch in einer Schüssel beiseitelegen.
3. Das Gemüse waschen und schälen, dann in kleine Würfel (ca. 2 cm) schneiden.
4. In den Schnellkochtopf geben und komplett mit Wasser bedekken. Kräuter und Gemüse für 6 Minuten im Schnellkochtopf garen.

5. Wasser abgießen oder abschöpfen. Das Gemüse sollte jetzt nur noch halb mit Wasser bedeckt sein. Butter und Rindfleisch in den Topf geben. Alles fein pürieren.

Kartoffelbrei mit Karotten und Fleisch

6 Portionen

Zutaten	Zubereitungszeit
6	25 Minuten

Zutaten:

- 5 Kartoffeln
- nach Bedarf Wasser
- 6 Karotten
- 100 g Fleisch nach eigener Wahl, z. B. Pute, Rind, Schwein
- 3 EL Rapsöl
- 5 EL Apfelsaft

Zubereitung:

1. Fleisch verarbeiten: Unter fließendem Wasser abwaschen, mit einem Papiertuch trocken tupfen und mit einem scharfen Messer in kleine Würfel schneiden.
2. Wasser in einem antihaftbeschichteten Topf zum Kochen bringen. Fleischwürfel hineingeben.
3. Karotten und Kartoffeln waschen, dann schälen und in kleine Stücke schneiden. Gemüsestücke zu den Fleischwürfeln geben. Alle Zutaten kochen, bis sie weich sind.
4. Kochwasser fast ganz abgießen. Rapsöl und Apfelsaft in den Topf geben. Alle Zutaten fein pürieren.

Kartoffelbrei mit Roter Bete und Rindfleisch

5 Portionen

Der Roten Bete wird nachgesagt, dass sie krebsschützend wirkt, da sie Anthocyane enthält. Sie enthält unter anderem auch Betain und soll dadurch das Risiko für Herzkrankheiten senken.

Zutaten	Zubereitungszeit
5	35 Minuten

Zutaten:

- 250 g Kartoffeln
- 250 g Rote Bete
- 100 g Rindertatar
- 4 EL Rapsöl
- 5 EL Apfelsaft

Zubereitung:

1. Die Rote Bete unter fließendem Wasser gründlich abwaschen. In einem Topf mit Dämpfeinsatz oder einem Dämpfer für 30 bis 40 Minuten kochen, bis die Knollen weich sind.
2. Kartoffeln ebenso unter fließendem Wasser abwaschen. Nach 10 Minuten zu der Roten Bete in den Dämpfer legen.
3. Sobald Kartoffeln und Rote Bete weich sind, vorsichtig herausnehmen, unter kaltem Wasser abschrecken, dann alle Knollen schälen und in grobe Würfel schneiden.
4. 50 ml Wasser und 1 EL Rapsöl in einen antihaftbeschichteten Topf geben, Fleisch hinzugeben. Das Rindertatar auf niedriger Stufe für etwa 3 Minuten garen.

5. Topf von der Hitze nehmen, dann 3 EL Rapsöl, Apfelsaft und die Gemüsewürfel hinzugeben. Alle Zutaten fein pürieren.

Kürbisbrei

4 Portionen

Kürbis besteht zu etwa 90 Prozent aus Wasser, ist kalorienarm und gesund. Deshalb lohnt sich Kürbisbrei – nicht nur für Babys.

Zutaten	Zubereitungszeit
3	15 Minuten

Zutaten:

- 320 ml Wasser
- 400 g Kürbis
- 40 g Butter

Zubereitung:

1. Kürbis abwaschen, dann schälen und die Kerne entfernen.
2. Kürbisfleisch in Würfel schneiden.
3. Kürbis mit 320 ml Wasser in einem antihaftbeschichteten Topf weich garen.
4. Butter hinzufügen, alles fein pürieren.

Obst-Getreidebrei

Einfach mal kreativ sein und verschiedene Getreideflocken und Obstsorten ausprobieren.

Zutaten	Zubereitungszeit
4	15 Minuten

Zutaten:

- 20 g Getreideflocken (Dinkel, Reis, Hirse, …)
- 100 g reifes Obst (Pfirsich, Apfel, Birne, Aprikose, ...)
- 1 TL Rapsöl
- 140 ml Wasser, abgekocht

Zubereitung:

1. Das ausgewählte Obst schälen, dann in kleine Würfel schneiden. Obst dämpfen, dann fein pürieren.
2. Abgekochtes Wasser zunächst auf 50 °C erhitzen, dann Getreideflocken in das Wasser einrühren.
3. Rapsöl und püriertes Obst hinzugeben, alle Zutaten gut verrühren.

Empfehlung: Sich bei der Auswahl des Obsts vom Kinderarzt beraten lassen.

Pastinakenbrei

Eine gesunde Alternative zur Kartoffel, je nach eigenem Geschmack. Pastinaken sind magenschonend bzw. leicht verdaulich, kalorienarm und gesund.

Zutaten	Zubereitungszeit
5	23 Minuten

Zutaten:

- 50 ml Wasser
- 150 g Pastinaken

- 10 ml Öl
- etwas Fencheltee oder Apfelsaft

Zubereitung:

1. Pastinake(n) unter fließendem Wasser abwaschen, dann putzen und schälen. In Würfel schneiden (ca. 1 cm).
2. In antihaftbeschichteten Topf 50 ml Wasser gießen. Pastinakenwürfel für 5 bis 8 Minuten dünsten, bis die Pastinaken weich sind.
3. 10 ml Rapsöl hinzugeben, alles fein pürieren. Für eine noch cremigere Konsistenz den Brei durch ein Sieb geben.
4. (Optional) kurz vor dem Servieren etwas Fencheltee oder Apfelsaft unterrühren.

Reisbrei mit Apfel und Birne

2 Portionen

Reis enthält viele Ballaststoffe und wirkt deshalb verdauungsfördernd. Da er komplexe Kohlenhydrate enthält, die nur langsam verdaut werden, hält er länger satt.

Zutaten	Zubereitungszeit
4	35 Minuten

Zutaten:

- 10 g Milchreis
- 1 Birne
- 1 Apfel
- nach Bedarf Wasser

Zubereitung:

1. Birne und Apfel gut unter fließendem Wasser abwaschen, dann beide schälen und würfeln. Obstwürfel mit etwas Wasser dünsten, bis sie weich sind.
2. In einem antihaftbeschichteten Top den Milchreis in Wasser weich kochen. Wasser abgießen, dann Reis abtropfen lassen.
3. Den Milchreis und die weichen Obstwürfel fein pürieren.

Süßkartoffelbrei mit Pastinaken, Fenchel und Kürbis

3 Portionen

Sehr gesund, fettarm und lecker: die Süßkartoffel. Sie enthält viele Vitamine und Mineralstoffe sowie viele sekundäre Pflanzenstoffe. Interessanter Fakt am Rande: Süßkartoffeln enthalten beinahe so viel Betacarotin wie Karotten.

Zutaten	Zubereitungszeit
6	30 Minuten

Zutaten:

- 1/2 mittelgroße Süßkartoffel
- 1/2 Pastinake
- 1/2 Knolle Fenchel
- 1/4 Kürbis
- 2 TL Öl, z. B. Olivenöl
- nach Bedarf Wasser, kochend

Zubereitung:

1. Das Gemüse unter fließendem Wasser gut abwaschen.

2. Süßkartoffel, Fenchel, Pastinake und Kürbis schälen. Gemüse würfeln und dann in kochendes Wasser (in einem antihaftbeschichteten Topf) geben.
3. Gemüse für 10 bis 15 Minuten kochen, bis alle Zutaten durch sind.
4. Dann überflüssiges Wasser abgießen, Kochwasser in einer Schüssel auffangen.
5. Gemüse in eine Schüssel geben, dann fein pürieren.
6. Olivenöl und etwas Kochwasser hinzugeben, dann mit einem Kochlöffel gründlich verrühren.

Vegetarischer Brei

Ein Grundrezept für einen vegetarischen Brei, das beliebig variiert werden kann.

Zutaten	Zubereitungszeit
5	30 Minuten

Zutaten:

- 50 g Kartoffeln
- 100 g Gemüse nach eigener Wahl
- 10 g Hirseflocken oder zarte Haferflocken
- 4 EL Obstpüree oder Obstsaft
- 2 TL Maiskeim- oder Rapsöl

Zubereitung:

1. Die Kartoffeln und das Gemüse unter fließendem Wasser gut waschen, dann schälen bzw. putzen und in kleine Stücke

schneiden.

2. 150 ml Wasser in einen Topf geben, die klein geschnittenen Zutaten zugedeckt für etwa 15 Minuten dünsten, bis sie weich sind.
3. Als Nächstes Obstsaft bzw. Obstpüree und Getreideflocken hinzugeben. Die Mischung mit einem Handmixer pürieren.
4. Öl in den Brei einrühren.

Zucchinibrei

4 Portionen

Zucchini beinhalten vor allem Wasser, enthalten aber sehr viele Nährstoffe, zum Beispiel Vitamin A, Vitamin E, Kalzium, Kalium und viele Ballaststoffe.

Zutaten	Zubereitungszeit
3	15 Minuten

Zutaten:

- 60 ml Wasser
- 200 g Zucchini
- 2 EL Rapsöl

Zubereitung:

1. Zucchini unter fließendem Wasser gründlich abwaschen, dann mit einem scharfen Messer in kleine Stücke zerschneiden.
2. In einem antihaftbeschichteten Topf die Zucchinistücke, mit genügend Wasser, für 10 Minuten kochen, dann fein pürieren, bis die Zucchini eine breiartige Konsistenz erreicht.

3. Zuletzt Rapsöl unterrühren.

Ab 5 Monate

Ist die erste Beikost eingeführt, kannst du weitere Zutaten und Rezepte einführen. Kartoffelbrei in verschiedenen Variationen, Süßkartoffeln, Haferbrei und Steckrüben kennt ihr schon. Jetzt entdeckt ihr neue Möglichkeiten, neue Aromen und Gerichte.

Rezept:	Anzahl der Zutaten	Zubereitungszeit	vegetarisch
Gemüsebrei nach mediterraner Art, mit Lamm	7	35 Minuten	nein
Haferbrei mit Roter Bete und Lachs	5	20 Minuten	nein
Haferbrei mit Spinat und Sellerie	5	20 Minuten	ja
Hirsebrei mit Kürbis und Rind	6	35 Minuten	nein
Kartoffelbrei mit Gurke, Rübe und Pute	6	30 Minuten	nein
Kartoffelbrei mit Kürbis, Karotten und Rind	6	25 Minuten	nein
Kartoffelbrei mit Steckrüben	6	35 Minuten	ja
Kartoffel-Zucchinibrei mit Fleisch	5	10 Minuten	nein
Steckrübenbrei mit Hühnchen	5	1 Stunde 20 Minuten	nein
Süßkartoffelbrei mit Rindfleisch	5	20 Minuten	nein

Milchbrei mit Perlgraupen und Mandarine	3	30 Minuten	nein
Nudelbrei mit Mangold und Apfel	4	35 Minuten	ja
Reisbrei mit Steckrüben und Leber	9	30 Minuten	nein
Walnuss-Grünkohl-Kartoffelbrei	4	30 Minuten	ja

Gemüsebrei nach mediterraner Art, mit Lamm

5 - 6 Portionen

Ein mediterran inspirierter Babybrei, der nicht nur Babys schmeckt. Gerne einfrieren oder selbst essen.

Zutaten	Zubereitungszeit
7	35 Minuten

Zutaten:

- 150 g Zucchini
- 1 (200 g) Aubergine
- 1 (150 g) Tomate
- 5 EL Rapsöl
- 1 Ästchen Thymian
- 120 g Reis
- 100 g Lammhack

Zubereitung:

1. Gemüse gut waschen und vorbereiten (Enden von Zucchini und Aubergine abschneiden, beide in grobe Würfel schneiden.

Stielansatz der Tomate herausschneiden und diese dann in grobe Würfel hacken.)

2. Thymian gut unter fließendem Wasser abwaschen, trocknen, dann die Thymianblätter abzupfen.
3. In einem antihaftbeschichteten Topf 2 EL Rapsöl erhitzen.
4. Lammhack, Thymianblätter und Gemüse in den Topf geben, auf niedriger Stufe für 2 Minuten unter ständigem Rühren erhitzen.
5. Reis in den Topf geben und einrühren, Masse mit 200 ml Wasser aufgießen, Topfdeckel schließen. Auf niedriger Stufe für weitere 15 Minuten garen lassen.
6. Topf von der Hitze nehmen, dann 3 EL Rapsöl hinzugaben und die Mischung fein pürieren.
7. (Optional) mit etwas Wasser verdünnen.
8. Eine Portion als Mittagsbrei füttern, den restlichen Brei portionsweise verpacken und in den Gefrierschrank legen.

Haferbrei mit Roter Bete und Lachs

Haferflocken enthalten viele Ballaststoffe, die verdauungsfördernd wirken können. In diesem Brei werden sie sinnvoll ergänzt durch Lachs und Rote Bete – beide reich an wertvollen Nährstoffen.

Zutaten	Zubereitungszeit
5	20 Minuten

Zutaten:

- 100 g Rote Bete, vorgegart (z. B. 20 Min. im Schellkochtopf)
- 30 g Lachsfilet

- 20 g Haferflocken
- 1 - 2 EL Apfelsaft naturtrüb
- 1 TL Rapsöl

Zubereitung:

1. Das Lachsfilet unter fließendem Wasser abwaschen und dann in kleine Stücke schneiden.
2. Die vorgegarte Rote Bete in grobe Würfel schneiden.
3. 125 ml Wasser in einen Topf geben, Hafer hinzufügen und dann aufkochen.
4. Lachs und Rote Bete hineingeben, dann Topfdeckel schließen. Mischung für 2 bis 3 Minuten erhitzen, aufkochen.
5. Saft und Rapsöl nun hinzugeben. Alle Zutaten mit einem Handmixer zu einem Brei pürieren.

Haferbrei mit Spinat und Sellerie

Sellerie enthält viele Nährstoffe, die antioxidativ wirken können. Vitamin C, Betacarotin und sekundäre Pflanzenstoffe, wie Flavonoide und Phytosterine können entzündlichen Reaktionen im Verdauungssystem vorbeugen.

Zutaten	Zubereitungszeit
5	20 Minuten

Zutaten:

- 20 g Haferflocken
- 1 Bündel frischer Spinat
- 120 g Sellerie

- 2 TL Rapsöl
- 5 EL Apfelsaft

Zubereitung:

1. Den Sellerie unter fließendem Wasser abwaschen, schälen und dann in Würfel (ca. 1 cm) schneiden.
2. In einem antihaftbeschichteten Topf 200 ml Wasser zum Kochen bringen. Selleriewürfel hineingeben und dann für etwa 15 Minuten kochen, bis die Würfel weich sind.
3. Spinatblätter vorbereiten: Unter fließendem Wasser waschen, Stiele entfernen.
4. Spinat in den Topf geben, warten, bis der Spinat zusammenfällt. Nun die Haferflocken unter die Masse rühren.
5. Alle Zutaten fein pürieren, währenddessen Öl und Apfelsaft unterrühren.

Hirsebrei mit Kürbis und Rind

4 Portionen

Tipp: Rindfleisch weglassen, dann ist auch dieser gesunde Babybrei für vegetarische Ernährung geeignet.

Zutaten	Zubereitungszeit
6	35 Minuten

Zutaten:

- 250 g Karotten
- 250 g Kürbis (Hokkaido)
- 80 g Hirseflocken

- 100 g Rindfleisch, mager
- 4 EL Rapsöl
- 4 EL Orangensaft

Zubereitung:

1. Karotten und Kürbis gründlich waschen.
2. Karotten verarbeiten: schälen und zu kleinen Stücken schneiden.
3. Kürbis verarbeiten: Kerne entfernen, Schale und Fruchtfleisch in kleine Stücke schneiden.
4. Rindfleisch grob hacken.
5. 250 ml Wasser, Fleisch und Gemüse in einen Topf geben. Topf mit einem Deckel schließen, Zutaten für etwa 15 Minuten bei niedriger Temperatur kochen lassen.
6. Wenn das Gemüse weich ist, 200 ml Wasser in den Topf geben.
7. Die Hirseflocken in den Topf streuen und einrühren.
8. Unter ständigem Rühren für etwa 3 Minuten kochen.
9. Von der Hitze nehmen, Orangensaft hinzugeben, alles fein pürieren.
10. Rapsöl einrühren.
11. Eine Portion füttern. Die restlichen Portionen einfrieren.

Kartoffelbrei mit Gurke, Rübe und Pute

4 Portionen

Die Butterrübe, manchmal auch Steckrübe genannt, schmeckt sehr mild. Sie nimmt den Geschmack des Gemüses an, mit dem sie gekocht wird.

Zutaten	Zubereitungszeit
6	30 Minuten

Zutaten:

- 250 g Kartoffeln
- 250 g Salatgurken
- 250 g Butterrüben
- 100 g Putenbrustfilet
- 6 EL Olivenöl oder Rapsöl
- 1/4 Liter Tee, z. B. schwacher Pfefferminztee

Zubereitung:

1. Salatgurken verarbeiten: Unter fließendem Wasser gründlich abwaschen, dann schälen und der Länge nach in Hälften teilen. Die Kerne der Gurke entfernen, z. B. mit einem Teelöffel. Gurke in kleine Stücke schneiden.
2. Rüben und Kartoffeln genauso verarbeiten: Unter fließendem Wasser gut abwaschen, dann schälen und in kleine Würfel schneiden.
3. Die Putenbrust unter fließendem Wasser abwaschen, dann mit einem Papiertuch trocken tupfen. Putenbrust in feine Streifen schneiden.
4. Den schwachen Pfefferminztee in einen antihaftbeschichteten Topf geben, Kartoffeln, Putenbrust und Rübe hinzugeben, dann aufkochen. Deckel schließen. Alle Zutaten für 15 Minuten kochen lassen.
5. Rapsöl und Salatgurkenstücke hinzugeben. Alles fein pürieren.

Kartoffelbrei mit Kürbis, Karotten und Rind

4 Portionen

Zutaten	Zubereitungszeit
6	25 Minuten

Zutaten:

- 250 g Kartoffeln
- 250 g Karotten
- 250 g Kürbis, z. B. Hokkaido
- 100 g Rindfleisch
- 6 EL Rapsöl
- 75 ml Orangensaft

Zubereitung:

1. Alle Zutaten vor der Verarbeitung gut unter fließendem Wasser abwaschen.
2. Karotten und Kürbis schälen, dann beides in Stücke schneiden.
3. Rindfleisch ebenso in feine Streifen schneiden.
4. Einen antihaftbeschichteten Topf bereitstellen, Fleisch und Gemüse hinzufügen, Deckel schließen.
5. Topfinhalt für circa 15 Minuten kochen, regelmäßig kontrollieren und Wasser nach Bedarf hinzugeben.
6. Rapsöl, Gemüse-Fleisch-Mix, Kartoffeln und Orangensaft fein pürieren.

Kartoffelbrei mit Steckrüben

6 Portionen

Ein Kartoffel-Steckrübenbrei, verfeinert mit Haferflocken und Obstsaft nach eigener Wahl.

Zutaten	Zubereitungszeit
6	35 Minuten

Zutaten:

- 250 g Kartoffeln
- 500 g Steckrüben
- 50 g Haferflocken
- 150 ml Saft, z. B. Pfirsich- oder Apfelsaft
- 5 EL Rapsöl
- nach Bedarf Wasser

Zubereitung:

1. Alle Zutaten vor der Verarbeitung unter fließendem Wasser waschen.
2. Kartoffeln und Steckrüben schälen, beide Gemüsesorten würfeln, in etwa 1 cm große Würfel.
3. Gemüsewürfel in einen antihaftbeschichteten Topf geben, Wasser hinzugeben, bis alle Würfel knapp mit Wasser bedeckt sind.
4. Gemüse aufkochen, auf niedriger Hitze weiterkochen lassen, bis alle Gemüsewürfel weich sind.

5. Haferflocken einrühren, dann den Topf für 1 Minute von der Hitze nehmen.
6. Saft und Öl einrühren, alle Zutaten fein pürieren.
7. Falls der Brei zu dick ist, abgekochtes Wasser einrühren, bis die gewünschte Breikonsistenz erreicht ist.

Kartoffel-Zucchinibrei mit Fleisch

Zutaten	Zubereitungszeit
5	10 Minuten

Zutaten:

- 80 g Zucchini
- 1 (ca. 50 g) Kartoffel
- 20 g Schweinefleisch, mager
- 1 EL Rapsöl
- 2 bis 3 EL Apfelsaft

Zubereitung:

1. Die Kartoffel unter fließendem Wasser gut abwaschen, mit der Schale für etwa 20 Minuten kochen.
2. Zucchini verarbeiten: waschen, putzen, dann in grobe Würfel schneiden.
3. Fleisch, Zucchini und 3 EL Wasser in einen Topf geben, für etwa 7 Minuten erhitzen.
4. Kartoffel zunächst etwas kühlen lassen, dann schälen und in die Zucchini einrühren.

5. Öl und Saft hinzugeben. Die Zutaten fein pürieren.

Steckrübenbrei mit Hühnchen

Steckrüben enthalten unter anderem über sehr viele Antioxidantien und Vitamine. Deshalb lohnt sich der Aufwand: Einfach mal ausprobieren und überzähligen Brei einfrieren.

Zutaten	Zubereitungszeit
5	1 Stunde 20 Minuten

Zutaten:

- 200 g Hühnerbrustfilet
- 500 g Kartoffeln
- 1 kg Steckrüben
- 80 ml Rapsöl
- 300 ml Apfelsaft

Zubereitung:

1. Die Kartoffeln gut abwaschen, für etwa 20 Minuten in einem Topf in etwas Wasser kochen.
2. Hühnerbrustfilet in Würfel schneiden.
3. Steckrüben vorbereiten: Unter fließendem Wasser abwaschen, schälen und in Würfel schneiden.
4. 125 ml Wasser in einem Topf zum Kochen bringen.
5. Steckrüben- und Fleischwürfel in den Topf geben. Deckel schließen.
6. Gemüse auf niedriger Stufe garen, für etwa 15 Minuten, bis die Steckrübenwürfel weich sind.

7. Mischung pürieren.
8. Kartoffeln unter kaltem Wasser kurz abschrecken, dann schälen. Die warmen Kartoffeln zu Brei verarbeiten, indem sie durch eine Kartoffelpresse gedrückt werden.
9. Kartoffelbrei, Rüben-Fleisch-Mus, Rapsöl und Apfelsaft mischen.
10. Wasser hinzugeben, bis der Brei die gewünschte Konsistenz erreicht hat.
11. Brei, unterteilt in Portionen, in Gefrierbeutel einfüllen.
12. Abkühlen lassen, dann einfrieren.

Süßkartoffelbrei mit Rindfleisch

Ein Brei aus Süßkartoffeln, verfeinert mit Rindfleisch, Haferflocken und Orangensaft.

Zutaten	Zubereitungszeit
5	20 Minuten

Zutaten:

- 20 g Rindfleisch, frisch
- 1 (80 g) Süßkartoffel
- 5 g Haferflocken, zart
- 3 EL Orangensaft
- 2 TL Rapsöl

Zubereitung:

1. Die Süßkartoffel unter fließendem Wasser waschen, dann schälen und in Würfel (ca. 1 cm) schneiden.

2. Rindfleisch grob hacken.
3. In einem antihaftbeschichteten Topf 150 ml Wasser aufkochen, dann Rindfleisch und Süßkartoffelwürfel hineingeben, Deckel schließen. Für etwa 10 Minuten auf niedriger Stufe kochen.
4. Fein pürieren und dabei Öl, Orangensaft und Haferflocken einarbeiten.

Milchbrei mit Perlgraupen und Mandarine

Perlgraupen sind Gerstenkörner, die von ihren Hülsen befreit wurden. Sie enthalten Gluten und viele Mineralstoffe. Dieses Rezept kombiniert den Geschmack nach Milchbrei mit dem süßlichen Geschmack von Mandarinen.

Zutaten	Zubereitungszeit
3	30 Minuten

Zutaten:

- 20 g kleine Perlgraupen
- 200 ml Vollmilch
- 1 kleine Mandarine

Zubereitung:

1. Einen antihaftbeschichteten Topf mit kaltem Wasser ausschwenken, Perlgraupen und Milch in den Topf geben und dann langsam zum Kochen bringen.
2. Topf mit einem Deckel schließen. Graupen auf niedriger Stufe kochend für etwa 25 Minuten ziehen lassen. Regelmäßig umrühren.
3. Mandarine vorbereiten: Schälen, in Stücke teilen, die Mandarinenstück quer halbieren.

4. Mandarinenstücke unterheben, sobald die Graupen weich sind.

Nudelbrei mit Mangold und Apfel

5 Portionen

Mangold ist ein Blattgemüse. Es wirkt sättigend, kann das Immunsystem stärken und enthält viel Vitamin K sowie Vitamin C.

Zutaten	Zubereitungszeit
4	35 Minuten

Zutaten:

- 500 g Mangold
- 250 g Vollkornnudeln nach eigener Wahl
- 75 g Apfelsaft
- 50 g Rapsöl

Zubereitung:

1. Nudeln gemäß der Zubereitungsanleitung bissfest garen (in gesalzenem Wasser oder Gemüsebrühe).
2. Mangold verarbeiten: Blätter vom Strunk schneiden, gründlich unter fließendem Wasser abwaschen. Von Stielen die Fäden abschneiden. Stiele und Blätter des Mangolds nun grob hacken.
3. 1 EL Rapsöl in einen antihaftbeschichteten Topf geben. Mangold darin zunächst andünsten, dann Topfdeckel schließen und Mangold auf niedriger Stufe für circa 10 Minuten weich kochen. Regelmäßig prüfen, ob Wasser hinzugegeben werden muss.
4. Apfelsaft und Vollkornnudeln hinzugeben, alle Zutaten fein pürieren.
5. Restliches Rapsöl unterrühren.

Reisbrei mit Steckrüben und Leber

2 Portionen

Dieser Brei kombiniert sättigenden Reis mit Steckrüben und Kalbsleber, die viel Vitamin A enthält.

Zutaten	Zubereitungszeit
9	30 Minuten

Zutaten:

- 1 Bio-Orange
- 250 g Steckrüben
- 2 EL Rapsöl
- 1 Zwiebel, klein
- 100 g Reis
- 150 g Kalbsleber
- 2 TL Currypulver
- 1 EL Mehl
- Salz

Zubereitung:

1. Steckrüben vorbereiten (zunächst waschen, dann schälen und würfeln).
2. Die Orange gut abwaschen, dann schälen, halbieren und Saft auspressen.
3. 1 EL Öl Reis und Steckrüben kurz anbraten.
4. Orangenschalen und 250 ml Wasser hinzugeben.
5. Mischung aufkochen, für 20 Minuten zugedeckt garen lassen.

6. Die Zwiebel vorbereiten: schälen, dann halbieren und in dünne Streifen schneiden.
7. Kalbsleber vorbereiten: Gut waschen, dann mit einem Küchenpapiertuch trocken tupfen und in dünne Streifen schneiden.
8. 20 g Kalbsleber zur Seite legen, dann die restlichen Streifen in Curry und Mehl wenden.
9. In einer antihaftbeschichteten Pfanne 1 EL Öl erhitzen, die Zwiebeln erhitzen, bis sie durchsichtig werden. Die Leberstreifen hinzugeben, dann für 5 Minuten anbraten.
10. 250 g Reis-Steckrüben-Mischung, ohne die Orangenschalen, sowie 20 g rohe Kalbsleber zu einem Brei pürieren, dann aufkochen, verdünnen mit etwas Wasser und Orangensaft.

Walnuss-Grünkohl-Kartoffelbrei

Kartoffeln, kombiniert mit Walnüssen und Grünkohl – einheimisches Gemüse, das sehr viele Proteine, Mineralien und Vitamine enthält.

Zutaten	Zubereitungszeit
4	30 Minuten

Zutaten:

- 100 g Grünkohl
- 1 (ca. 50 g) Kartoffel
- 15 g Walnüsse
- 2 bis 3 EL Orangensaft

Zubereitung:

1. Grünkohl und Kartoffel sorgfältig unter fließendem Wasser abwaschen.

2. Die Blattrippen des Grünkohls entfernen, Blätter des Kohls grob hacken.
3. Die Kartoffel zunächst schälen, dann in kleine Stücke (Würfel) schneiden.
4. Walnüsse zerkleinern.
5. 50 ml Wasser, Grünkohl in einen Topf geben, etwa 20 Minuten garen.
6. Walnüsse hinzugeben. Alle Zutaten fein pürieren.
7. Orangensaft in den Brei einrühren.

Ab 6 Monate

Die Ernährung deines Babys wird immer abwechslungsreicher. Ihr probiert Grießbrei, Maroni, Melonen und sogar Nudeln als Brei. Achtet immer auf die Verträglichkeit und fragt im Zweifelsfall lieber einmal zu häufig euren Kinderarzt bzw. eure Kinderärztin.

Vieles schmeckt jetzt gut, anderes eher nicht. Die Welt des Babys wird größer und sie schmeckt auf jeden Fall interessant.

Rezept:	**Anzahl der Zutaten**	**Zubereitungszeit**	**vegetarisch**
Beerenbrei	3	15 Minuten	nein
Brokkolibrei mit Rindfleisch und Couscous	5	35 Minuten	nein
Dinkelvollkornbrei mit Erdbeeren	3	15 Minuten	Ja
Grießbrei mit Banane	3	15 Minuten	nein
Grießbrei mit Himbeeren	3	15 Minuten	nein
Grießbrei mit Mandarine	3	10 Minuten	nein

Haferbrei mit Apfel	3	15 bis 30 Minuten	nein
Haferbrei mit Mandeln und Mango	3	20 Minuten	ja
Hirsebrei mit Erdbeeren	3	10 Minuten	nein
Karottenbrei mit Huhn, Tomaten und Nudeln	6	40 Minuten	nein
Karottenbrei mit Kartoffeln und Eiern	7	30 Minuten	nein
Karottenbrei mit Kohlrabi und Rindfleisch	5	20 Minuten	nein
Kartoffelbrei mit Brokkoli und Kalbfleisch	5	35 Minuten	nein
Kartoffelbrei mit Karotten	5	30 Minuten	nein
Kartoffelbrei mit Spinat und Ei	5	40 Minuten	nein
Maronibrei mit Pastinaken und Ente	5	40 Minuten	nein
Melonenbrei mit Zwieback	3	5 Minuten	ja
Nudelbrei mit Rinderhackfleisch und Gemüse	6	35 Minuten	nein
Obst-Getreidebrei	3	10 Minuten	nein
Pfirsichbrei mit Zwieback	4	10 Minuten	ja
Polentabrei mit Gemüse und Tofu	6	30 Minuten	ja
Polentabrei mit Karotten	4	25 Minuten	ja
Polentabrei mit Topinambur und Pute	5	40 Minuten	nein
Reisbrei mit Melonen	4	10 Minuten	ja

Reisbrei mit Tomaten und Hähnchenfleisch	6	40 Minuten	nein
Spaghettibrei	8	20 Minuten	nein
Topinambur-Kartoffelbrei mit Ente	6	40 Minuten	nein
Trinkbrei mit Wassermelone	3	10 Minuten	nein
Couscous mit Vanille	5	15 Minuten	nein

Beerenbrei

Himbeeren enthalten u. a. viele Ballaststoffe, B-Vitamine und Mineralstoffe. Erdbeeren enthalten viel Kalium, Kalzium und Magnesium sowie mehr Vitamin C als Orangen. Egal welche Variante dieses Beerenbreis ihr kocht: Ihr kocht einen gesunden und süßen Beerenbrei, ganz nach eurem eigenen Geschmack.

Zutaten	Zubereitungszeit
3	15 Minuten

Zutaten:

- 3 EL Haferflocken
- 200 ml Milch
- 80 g Beeren (Himbeeren und/oder Erdbeeren)

Zubereitung:

1. Milch in einem antihaftbeschichteten Topf erhitzen, dann die Haferflocken einrühren. Zum Kochen bringen, für etwa 2 Minuten unter ständigem Rühren weiterkochen lassen.
2. Die ausgewählten Beeren unter fließendem Wasser gut abwaschen, dann putzen und fein pürieren.

3. Die Kerne aus dem Beerenmus entfernen, indem es durch ein Sieb gestrichen wird.
4. Beerenmus nun in den Milchbrei einrühren.

Brokkolibrei mit Rindfleisch und Couscous

5 Portionen

Brokkoli enthält viel Vitamin K und Kalzium – Nährstoffe, die von großer Bedeutung für die Entwicklung von Zähnen und Knochen sind.

Zutaten	Zubereitungszeit
5	35 Minuten

Zutaten:

- 100 g Rindertatar (oder Rinderfilet)
- 400 g Brokkoli
- 80 g Couscous
- 250 ml Apfelsaft
- 4 EL Rapsöl

Zubereitung:

1. Den Brokkoli unter fließendem Wasser gründlich waschen, dann in einzelne Röschen unterteilen, Stiele zerkleinern.
2. Rindfleisch würfeln.
3. 100 ml Wasser in einem antihaftbeschichteten Topf erhitzen, bis das Wasser sprudelt. Brokkoli und Rindertatar oder Rindfleischwürfel hineingeben. Topf mit Deckel schließen. Alle Zutaten auf niedriger Stufe für etwa 10 Minuten garen lassen.

4. Nach 5 Minuten (Hälfte der Garzeit) 80 g Couscous in den Topf streuen. Topf nochmals aufkochen, bei niedriger Hitze zu Ende garen lassen.
5. Mischung pürieren, dabei Öl und Apfelsaft hinzugeben, bis die Masse zu einem cremigen Brei wird.

Dinkelvollkornbrei mit Erdbeeren

Ein gesunder und süßer Brei mit Erdbeeren und Dinkel. Dieses Getreide ist sehr gesund, da es hochwertiges Eiweiß, Mineralstoffe und viele Vitamine enthält. Es enthält unter anderem Silizium, das auch unter dem Namen Kieselsäure bekannt ist und sich positiv auf Haut, Nägel und Haare auswirken kann.

Zutaten	Zubereitungszeit
3	15 Minuten

Zutaten:

- 50 g Erdbeeren
- 3 EL Dinkelvollkorngrieß
- 1 TL Rapsöl

Zubereitung:

1. 100 ml Wasser in einen antihaftbeschichteten Topf geben und erhitzen, bis das Wasser kocht.
2. Mit einem Schneebesen wird der Dinkelvollkorngrieß eingerührt.
3. Dinkelgrieß einmal aufkochen lassen, für 5 Minuten quellen lassen.
4. Erdbeeren unter fließendem Wasser gut abwaschen, dann putzen und fein pürieren.

5. Pürierte Erdbeeren und Rapsöl in den Grießbrei einrühren.

Variationen:

Erdbeeren ersetzen durch Obst nach Wahl, z. B. Pfirsich, Banane und/oder Apfel.

Grießbrei mit Banane

Bananen enthalten Vitamin B6, Kalium und andere Vitamine bzw. Mineralstoffe. Die gut verdauliche Banane liefert viel Energie und wirkt gleichzeitig sättigend.

Zutaten	Zubereitungszeit
3	15 Minuten

Zutaten:

- 20 g Grieß
- 200 ml Milch
- 50 ml Banane, geschält

Zubereitung:

1. Die Milch in einen antihaftbeschichteten Topf geben, erhitzen, dann mit einem Schneebesen den Grieß einrühren.
2. Grieß zum Kochen bringen, für 5 Minuten auf niedriger Stufe aufquellen lassen.
3. Banane fein pürieren. Bananenbrei in den Grießbrei einrühren.

Grießbrei mit Himbeeren

Zutaten	Zubereitungszeit
3	10 Minuten

Zutaten:

- 20 g Grieß (Vollkorn)
- 200 ml Vollmilch
- 3 EL Himbeeren

Zubereitung:

1. In einem antihaftbeschichteten Topf die Milch erwärmen.
2. Mit einem Schneebesen den Grieß unterrühren. Die Mischung einmal aufkochen.
3. Auf niedriger Stufe den Grießbrei für 3 Minuten unter ständigem Rühren quellen lassen.
4. Himbeerpüree herstellen: Himbeeren unter fließendem Wasser abwaschen, dann fein pürieren. Um die Kerne zu entfernen, Himbeerpüree durch ein Sieb geben.
5. Himbeermus mit einem Schneebesen unter den Grießbrei rühren.

Grießbrei mit Mandarinen

Zutaten	Zubereitungszeit
3	10 Minuten

Zutaten:

- 20 g Vollkorngrieß
- 200 ml Vollmilch
- 1/2 Bio-Mandarine

Zubereitung:

1. In einem antihaftbeschichteten Topf die Milch erwärmen.

2. Mit einem Schneebesen den Grieß unterrühren, beides zum Kochen bringen.
3. Dann für 3 Minuten auf niedriger Stufe quellen lassen, dabei beständig umrühren.
4. Mandarine verarbeiten: schälen, in Stücke schneiden oder ziehen, Kerne entfernen. Mandarinenstücke in einem Sieb mit einem Löffel ausdrücken. Saft in einer Schüssel auffangen.
5. Mandarinensaft in den Grießbrei einrühren.

Haferbrei mit Apfel

Zutaten	Zubereitungszeit
3	15 bis 30 Minuten

Zutaten:

- 3 EL Haferflocken
- 200 ml Vollmilch
- 1 Apfel

Zubereitung:

1. Bringe die Milch in einem kleinen Topf zum Kochen.
2. Apfel in die Milch reiben.
3. Haferflocken hinzufügen.
4. Kochen lassen, bis die Masse breiartig wird.
5. In Schälchen umfüllen.

Haferbrei mit Mandeln und Mango

Mangos sind reich an Ballaststoffen, Vitamin C und Kalium. Ein gesundes Obst, das sich sehr gut mit Mandeln und Haferflocken ergänzt.

Zutaten	Zubereitungszeit
3	20 Minuten

Zutaten:

- 10 g Mandeln, geschält und gemahlen
- 20 g Haferflocken
- 1/2 (ca. 100 g) Bio-Mango

Zubereitung:

1. In einem Topf 125 ml Wasser mit Mandeln und Haferflocken aufkochen. Dann für 2 Minuten unter ständigem Rühren kochen lassen.
2. Von der Hitze nehmen.
3. Mango vorbereiten: Gut abwaschen und dann schälen. Vom Kern etwa 100 g Fruchtfleisch abschneiden, dann hacken.
4. Mandel-Haferflocken-Mischung und Mangostücke gut verrühren.
5. (Optional) mit Pürierstab zerkleinern.

Hirsebrei mit Erdbeeren

Glutenfrei, reich an Vitalstoffen und gut verdaulich – Hirse ist ein Alleskönner, der in keinem abwechslungsreichen Speiseplan fehlen sollte.

Zutaten	Zubereitungszeit
3	10 Minuten

Zutaten:

- 20 g Hirseflocken

- 200 ml Vollmilch
- 80 g Erdbeeren

Zubereitung:

1. Hirseflocken und Vollmilch in einen Topf geben. Unter Rühren aufkochen und 1 bis 2 Minuten kochen lassen.
2. Von der Hitze nehmen.
3. Erdbeeren vorbereiten: Gut abwaschen, Stielansätze herausschneiden, Beeren zerdrücken.
4. Erdbeeren unter den Brei unterheben.
5. (Optional) Kerne der Erdbeeren entfernen, indem das Püree durch ein Sieb gestrichen wird.

Karottenbrei mit Huhn, Tomaten und Nudeln

6 Portionen

Dieser Brei kann geschmacklich sehr einfach variiert werden: Karotten sind in unterschiedlichen Sorten erhältlich, von der klassischen orangefarbenen Karotte, bis hin zu weißen oder violett gefärbten Möhren. Das Hühnerbrustfilet kann durch andere Fleisch- oder Fischsorten ersetzt werden. Einfach nach eigenem Geschmack ausprobieren!

Zutaten	Zubereitungszeit
6	40 Minuten

Zutaten:

- 6 Karotten
- 2 Hühnerbrustfilets
- 4 Tomaten

- 50 g Vollkornnudeln
- 500 ml Wasser
- nach Bedarf Rapsöl

Zubereitung:

1. Gemäß der Packungsangabe die Nudeln kochen.
2. Alle festen Zutaten vor der Verarbeitung gut unter fließendem Wasser abwaschen.
3. Karotten schälen, dann würfeln.
4. In einem antihaftbeschichteten Topf Wasser zum Kochen bringen. Tomaten in das Wasser legen, 3 Minuten kochen lassen, dann Haut entfernen. Tomaten dann in kleine Stücke schneiden.
5. Tomatenstücke und Karottenwürfel mit Wasser in einem Topf zum Kochen bringen.
6. Währenddessen die Hähnchenbrust in kleine Würfel schneiden, zum Gemüse geben. Beides zusammen für 15 Minuten weiterkochen.
7. Die fertig gekochten Nudeln zu Fleisch und Gemüse in denselben Topf geben.
8. Etwas Flüssigkeit mit einem Suppenlöffel herausschöpfen, dann die Flüssigkeit zur Seite stellen.
9. Fein pürieren und gegebenenfalls noch mit etwas Kochflüssigkeit verdünnen.

Karottenbrei mit Kartoffeln und Eiern

6 Portionen

Dieser Brei aus Kartoffeln und Karotten wird verfeinert durch Hirse, Ei und Orangensaft.

Zutaten	Zubereitungszeit
7	30 Minuten

Zutaten:

- 500 g Karotten
- 250 g Kartoffeln
- 50 g Hirseflocken
- 2 Eier
- 1/2 Liter Karottensaft
- 1/8 Liter Orangensaft
- 7 EL Rapsöl oder Olivenöl

Zubereitung:

1. Karotten und Kartoffeln unter fließendem Wasser gut abwaschen, dann schälen. Beide Gemüsesorten in kleine Würfel schneiden.
2. Möhrensaft in einen antihaftbeschichteten Topf geben, dann Karottensaft hineingeben und zum Kochen bringen. Für etwa 20 Minuten Gemüsewürfel im Karottensaft kochen lassen.
3. Die Hirseflocken in die Mischung einrühren, dann noch für 3 Minuten kochen lassen.
4. Eier mit einer Gabel oder einem Schneebesen verquirlen, dann der Mischung hinzugeben und alles unter ständigem Rühren wiederum zum Kochen bringen.

5. Rapsöl und Orangensaft hinzugeben.
6. Alles fein pürieren.

Karottenbrei mit Kohlrabi und Rindfleisch

4 Portionen

Kohlrabi ist auch unter der Bezeichnung Rübkohl bekannt. Die Knolle ist sehr gesund und im Geschmack sehr mild. Besonders positiv zu sehen ist der hohe Gehalt an Vitamin A – ein Vitamin, das sich günstig auf die Haut und die Sehkraft auswirken kann.

Zutaten	Zubereitungszeit
5	20 Minuten

Zutaten:

- 6 Karotten
- 1 Kohlrabi
- 300 g Rinderhackfleisch, mager
- 4 EL Rapsöl
- 150 ml Wasser

Zubereitung:

1. Karotten und Kohlrabi unter fließendem Wasser abwaschen, dann schälen und grob würfeln.
2. Rindfleisch, falls nötig, in kleinere Stücke zerschneiden.
3. In einem antihaftbeschichteten Topf Gemüse, Wasser und Kohlrabi für mindestens 10 Minuten kochen lassen.
4. Alles fein pürieren. Masse mit Kochwasser aufgießen, bis eine breiige Konsistenz erreicht ist.

5. Kurz vor dem Servieren je Portion 1 EL Rapsöl einrühren.

Kartoffelbrei mit Brokkoli und Kalbfleisch

4 Portionen

Dieser Brei aus Brokkoli und Kartoffeln wird verfeinert mit Traubensaft und Kalbfleisch.

Tipp: Einfach Kalbfleisch weglassen und schon ist dieses Rezept auch für Vegetarier geeignet.

Zutaten	Zubereitungszeit
5	35 Minuten

Zutaten:

- 200 g Brokkoliröschen
- 4 (320 g) Kartoffeln
- 10 g Kalbfleisch
- 5 - 6 EL Traubensaft
- 3 EL Rapsöl

Zubereitung:

1. Die Kartoffeln unter fließendem Wasser gut waschen, nicht schälen. Kartoffeln in einen antihaftbeschichteten Topf legen und mit Wasser bedecken, für 15 bis 20 Minuten kochen.
2. Die Brokkoliröschen erst putzen, dann waschen und kleiner schneiden.
3. Das Kalbfleisch abwaschen, dann trocken tupfen und in kleine Würfel schneiden. In einem antihaftbeschichteten Topf mit 1 EL Öl Brokkoli und Kalbfleischwürfel für etwa 2 Minuten

andünsten. 5 bis 6 EL Wasser hinzugeben. Deckel auf den Topf legen, dann alles für 8 Minuten dünsten. Bei Bedarf noch ein wenig Wasser hineingießen.

4. Die Mischung pürieren.

5. Jetzt die Kartoffeln schälen, durch eine Kartoffelpresse drükken.

6. Traubensaft, Kartoffelbrei und restliches Rapsöl in das Brokkoligemüse einrühren.

Kartoffelbrei mit Karotten

Ein Klassiker: Kartoffelbrei mit Karotten, hier noch verfeinert mit Fisch nach eigener Wahl. Einfach den Fisch weglassen und schon kann er auch Vegetariern serviert bzw. von vegetarisch lebenden Eltern gegessen werden.

Zutaten	Zubereitungszeit
5	30 Minuten

Zutaten:

- 3 (150 g) Kartoffeln
- 3 (300 g) Karotten
- 60 g Fischfilet, frisch oder tiefgefroren, z. B. Lachs, Sardinen oder Hering
- 2 EL Rapsöl
- 1 Orange

Zubereitung:

1. Kartoffeln und Karotten unter fließendem Wasser gut abwaschen, dann schälen.

2. Kartoffeln grob würfeln, Karotten dünn schneiden.
3. In etwa 15 Minuten in einem Topf in 50 ml Wasser garen.
4. Währenddessen Fisch (ungesalzen!) vorbereiten: Den Fisch unter fließendem Wasser abwaschen, Haut und Gräten entfernen, Fisch in kleine Stücke schneiden.
5. Fisch in den Kartoffel-Karotten-Mix geben. Mischung einmal aufkochen lassen.
6. Fein pürieren.
7. Den Saft der Orange auspressen, Saft in den Brei einrühren, bis dieser die gewünschte Konsistenz hat.
8. Rapsöl unterrühren.
9. 1 Portion Brei füttern, die anderen Portionen einfrieren.

Kartoffelbrei mit Spinat und Ei

Spinat wirkt, da er viele lösliche Ballaststoffe enthält, verdauungsfördernd. Er ist sehr gesund, kann das Muskelwachstum fördern und die Gesundheit der Zellen fördern.

Zutaten	Zubereitungszeit
5	40 Minuten

Zutaten:

- 1 Ei, klein
- 100 g Kartoffeln
- 100 g Blattspinat, tiefgekühlt oder frisch
- 2 EL Orangensaft
- 1 EL Rapsöl

Zubereitung:

1. Kartoffeln gut abwaschen und in einen Topf legen, knapp mit Wasser bedecken. Für etwa 20 Minuten kochen lassen.
2. Kartoffeln kurz abkühlen lassen, dann schälen.
3. Das Ei für etwa 6 Minuten kochen, dann mit kaltem Wasser abschrecken und schälen.
4. Blattspinat putzen, gut abwaschen und in grobe Stücke hacken.
5. In einem Topf 1 EL Öl erhitzen, dann den Blattspinat hinzugeben. Bei mittlerer Temperatur für etwa 3 Minuten erhitzen.
6. Ei und Kartoffeln in den Topf geben. Die Zutaten kurz pürieren.
7. Zuletzt Orangensaft in den Brei einrühren.

Maronibrei mit Pastinaken und Ente

5 Portionen

Maroni bieten viele wertvolle Nährstoffe, wie Vitamin C, E und B-Vitamine oder hochwertiges Eiweiß. Diese Nüsse enthalten auch viele Spurenelemente und Mineralien. Eine Besonderheit der Maroni ist, dass sie nur verdaulich ist, wenn sie gebraten, gekocht oder gedünstet wurde.

Zutaten	Zubereitungszeit
5	40 Minuten

Zutaten:

- 300 g Maroni (frisch in der Schale oder 200 g bereits gegarte Maroni ohne Schale)
- 100 g Entenbrust

- 1 (200 g) Apfel
- 250 g Pastinaken
- 10 TL Rapsöl

Zubereitung:

1. Maroni mit einem scharfen Messer an der Spitze kreuzweise einschneiden, dann verarbeiten (etwa 15 Minuten in Wasser kochen, dann mit kaltem Wasser abschrecken und schälen).
2. Apfel verarbeiten: Unter fließendem Wasser abwaschen, dann schälen, in Viertel schneiden, Kerne entfernen.
3. Unter fließendem Wasser die Pastinaken waschen, dann schälen und grob in Würfel schneiden.
4. Die Entenbrust mit kaltem Wasser abwaschen, mit einem Küchenpapiertuch trocken tupfen, dann in Streifen schneiden.
5. 200 ml Wasser in einen antihaftbeschichteten Topf geben, Entenbruststreifen und Pastinaken hinzugeben, dann zum Kochen bringen.
6. Topf mit einem passenden Deckel schließen, dann für 15 Minuten auf niedriger Stufe köcheln lassen.
7. 5 Minuten vor Ende der Garzeit Apfel und Maroni hinzugeben, alle Zutaten fein pürieren.
8. Je Portion 2 TL Rapsöl einrühren. Wenn eine Portion gleich gefüttert wird, direkt nach dem Kochen. Bei eingefrorenen Portionen 2 TL Rapsöl nach dem Auftauen einrühren.

Melonenbrei mit Zwieback

Neben Vitaminen und Mineralien enthalten Melonen wichtige Nährstoffe wie Citrullin und Lycopin.

Zutaten	Zubereitungszeit
3	5 Minuten

Zutaten:

- 100 g Melonen
- 2 Scheiben Vollkornzwieback
- 1 TL Rapsöl

Zubereitung:

1. Zwiebackscheiben in eine Schüssel zerbröseln.
2. Melone gut unter fließendem Wasser abwaschen, dann schälen.
3. Das Fruchtfleisch fein pürieren.
4. Öl und Zwieback unterrühren, dann kurz aufquellen lassen.
5. Falls der Brei fester als gewünscht ist, zusätzlich Saft oder Melone hinzugeben.

Nudelbrei mit Rinderhackfleisch und Gemüse

6 Portionen

Ein gesunder und frei variierbarer Brei, der für viele Geschmäcker geeignet ist.

Zutaten	Zubereitungszeit
6	35 Minuten

Zutaten:

- 125 g Nudeln, nach eigener Wahl
- 100 g Rinderhackfleisch

- 300 g Tomaten
- 300 g Zucchini
- 150 ml Karottensaft
- 6 EL Olivenöl oder Rapsöl

Zubereitung:

1. Gemäß der Packungsanleitung die Nudeln ohne Salz kochen.
2. Zucchini unter fließendem Wasser abwaschen, dann schälen und in Würfel schneiden.
3. Zucchiniwürfel und Rinderhackfleisch in einen antihaftbeschichteten Topf geben, umrühren, beides mit Wasser bedekken. Mischung zum Kochen bringen, dann für 15 Minuten auf niedriger Stufe weiterkochen lassen.
4. Tomaten über Kreuz einschneiden, dann mit kochend heißem Wasser begießen. Dann weiterverarbeiten: Haut entfernen, Kerne und Stielansatz wegschneiden. Tomatenfleisch in kleine Würfel schneiden.
5. Nudeln, Tomatenwürfel und Öl in die Zucchini-Hackfleisch-Mischung einrühren. Alle Zutaten fein pürieren.
6. Falls der Brei eine zu dicke Konsistenz hat, Möhrensaft einrühren.

Obst-Getreidebrei

Einfach, schnell und flexibel – das ist dieses Rezept für einen Obst-Getreidebrei. Sehr gut geeignet, um Fruchtsäfte und Obstpürees zu verwerten.

Zutaten	Zubereitungszeit
3	10 Minuten

Zutaten:

- 2 EL Obstpüree oder Fruchtsaft nach eigener Wahl
- 200 ml Milch
- 20 g Getreide (Grieß oder Vollkornflocken)

Zubereitung:

1. Getreide in Milch einrühren. Bei Grieß wird heiße Milch verwendet, bei Getreideflocken wird kalte Milch verwendet.
2. Milch zum Kochen bringen und für 3 Minuten kochen lassen.
3. Obstpüree oder Fruchtsaft einrühren.

Pfirsichbrei mit Zwieback

Pfirsich, Himbeeren und Vollkornzwieback – drei gesunde Zutaten, durch die der Geschmack dieses schnell zubereiteten Breis geprägt wird.

Zutaten	Zubereitungszeit
4	10 Minuten

Zutaten:

- 3 bis 4 Himbeeren
- 1 kleiner Pfirsich
- 1 TL Rapsöl oder Butter
- 20 g Vollkornzwieback

Zubereitung:

1. Pfirsich vorbereiten: Gut abwaschen, in Hälften teilen, Stein entfernen, (optional) Pfirsichhaut abziehen. Pfirsich in grobe Würfel schneiden.

2. Die Himbeeren unter fließendem Wasser gut säubern.
3. In einem antihaftbeschichteten Topf 100 ml Wasser zum Kochen bringen.
4. Himbeeren in eine Schüssel legen, kochendes Wasser darüber gießen, den TL Fett hinzugeben.
5. Zwieback zerbröseln. Zwiebackbrösel und gewürfelten Pfirsich einrühren.
6. Alle Zutaten fein pürieren, falls nötig, noch etwas Wasser hinzugeben.

Polentabrei mit Gemüse und Tofu

6 Portionen

Polentagrieß ist ein anderer Name für Maisgrieß. Dieser gemahlene Mais ist unter anderem reich an Vitaminen (A, C,), Minderalien (Kalium, Magnesium, Kalzium,) und Eiweiß.

Zutaten	Zubereitungszeit
6	30 Minuten

Zutaten:

- 4 (400 g) Karotten
- 1 Maiskolben (alternativ 150 g Zuckermais)
- 150 g Naturtofu
- 70 g Polentagrieß
- 5 EL Rapsöl
- 5 - 6 EL Apfelsaft

Zubereitung:

1. Maiskolben vorbereiten: Fäden und Außenblätter entfernen, Maiskolben unter fließendem Wasser abwaschen, vom Kolben die Körner abschneiden.
2. Die Karotten gut abwaschen, dann die Enden abschneiden und die Karotten grob zerkleinern.
3. Karotten mit 250 ml Wasser in einen antihaftbeschichteten Topf geben, Karotten weich garen (ca. 15 Minuten).
4. Nach etwa 10 Minuten die Maiskörner hineingeben.
5. Dann Polentagrieß hinzugeben. Die Masse für kurze Zeit zum Kochen bringen, auf niedriger Stufe für etwa 5 Minuten aufquellen lassen.
6. Tofu in die Masse bröseln, Öl und Apfelsaft hinzugeben, alles fein pürieren.

Polentabrei mit Karotten

Eine weitere Polentavariation mit Karotten.

Zutaten	Zubereitungszeit
4	25 Minuten

Zutaten:

- 1 EL Polenta (Maisgrieß)
- 100 g Karotten
- 200 ml Milch
- 75 ml Wasser

Zubereitung:

1. Karotten vor der Verarbeitung gut unter fließendem Wasser abwaschen, dann schälen und raspeln.
2. Geraspelte Karotten und 75 ml Wasser in einem antihaftbeschichteten Topf zum Kochen bringen. Milch hinzugeben.
3. Polenta einrühren, für 5 Minuten auf niedriger Stufe kochen lassen. Dabei ständig umrühren.
4. Ein paar Minuten aufquellen lassen.
5. Alles fein pürieren.

Polentabrei mit Topinambur und Pute

5 Portionen

Topinambur ist eine Knolle, die viele Nährstoffe enthält, sättigend wirkt und sehr vielseitig eingesetzt werden kann.

Zutaten	Zubereitungszeit
5	40 Minuten

Zutaten:

- 70 g Polenta (Maisgrieß)
- 100 g Putenbrust
- 500 g Topinambur
- 1 Bund Petersilie
- 5 - 6 EL Orangensaft
- 4 EL Rapsöl

Zubereitung:

1. Topinambur vorbereiten: Unter fließendem Wasser abwaschen, dann schälen und in Würfel schneiden.
2. Putenbrust unter fließendem Wasser abwaschen, dann in dünne Streifen schneiden.
3. 250 ml Wasser in einen antihaftbeschichteten Topf geben, Topinambur und Pute darin zum Kochen bringen. Deckel auf den Topf legen, dann auf niedriger Stufe für 10 Minuten köcheln lassen.
4. Polenta hinzugeben, Topinambur-Puten-Polenta-Masse für 10 Minuten auf niedriger Stufe weitergaren lassen.
5. Petersilie gut abwaschen, die harten Stiele abschneiden.
6. Orangensaft und Petersilie auf den fertig gekochten Mais- bzw. Polenta-Topinambur-Brei legen. Alle Zutaten fein pürieren.
7. 4 EL Rapsöl hinzugeben, dann unterrühren und mit Wasser bei Bedarf verdünnen.

Reisbrei mit Melonen

Zutaten	Zubereitungszeit
4	10 Minuten

Zutaten:

- 20 g Reisschleim (Vollkorn)
- 200 ml Milch
- 50 g Honigmelone
- 4 TL Traubensaft

Zubereitung:

- In einem antihaftbeschichteten Topf die Milch erhitzen.
- Einen Schneebesen benutzen, um den Reisschleim in die Milch einzurühren.
- Die Reis-Milch-Mischung aufkochen, unter ständigem Rühren auf niedriger Stufe für 3 Minuten aufquellen lassen.
- Die Honigmelone in Hälften teilen, dann schälen und Kerne herausschneiden. Das Fruchtfleisch der Melone in grobe Würfel schneiden, dann fein pürieren.
- Melonenpüree und Traubensaft zum Reisschleim hinzufügen. Alles nochmals fein pürieren.

Reisbrei mit Tomaten und Hähnchenfleisch

Zutaten	Zubereitungszeit
6	40 Minuten

Zutaten:

- 15 g Reis
- 2 mittelgroße Tomaten
- 30 g Hähnchenfleisch, mager
- 1 EL Pflanzenöl
- 3 EL Karottensaft
- nach Bedarf Wasser

Zubereitung:

1. Nach Packungsanweisung den Reis in Wasser kochen, ohne sonstige Gewürze oder Salz.

2. Währenddessen Tomatenschalen entfernen: Über Kreuz die Tomaten einschneiden, dann mit sprudelndem bzw. kochendem Wasser begießen.
3. Mit einem Messer die Tomatenhaut abziehen. Kerne und Blüte aus der Tomate herausschneiden.
4. Das Hähnchenfleisch waschen, dann in Hähnchen und Tomate in kleine Stücke zerschneiden. In etwas Wasser Tomaten und Hähnchenfleisch für 10 Minuten kochen. Tomate und Hähnchenfleisch in kleine Stücke schneiden und einem passenden Topf für circa 10 Minuten mit etwas Wasser garen lassen. Den gekochten Reis 2 Minuten vor Ablauf der Zeit hinzugeben.
5. Nach Ablauf der Kochzeit (10 Minuten) alle Zutaten, auch den Karottensaft, fein pürieren, vorsichtig das Pflanzenöl unterrühren.

Spaghettibrei

4 Portionen

Wie viele andere „Erwachsenengerichte" kann auch Spaghetti Bolognese für Babys adaptiert werden. Einfach ausprobieren.

Zutaten	Zubereitungszeit
8	20 Minuten

Zutaten:

- 70 g dünne Spaghetti
- 130 g Rinderhackfleisch
- 170 g Karotten, in Stücke geschnitten und geschält
- 250 g Tomaten, passiert

- 30 g Sellerie, in Stücke geschnitten und geschält
- 8 EL Apfelsaft
- 4 EL Rapsöl
- etwas Wasser

Zubereitung:

1. Alle Zutaten vor der Verarbeitung unter fließendem Wasser abwaschen.
2. In einem antihaftbeschichteten Topf geschnittenen Sellerie und Karotten vorkochen, für etwa 10 Minuten.
3. Zerkrümeltes Rinderhack und 200 g passierte Tomaten hinzugeben.
4. Auf niedriger Stufe für weitere 5 Minuten kochen.
5. Spaghetti in kleine Stücke brechen, dann unterrühren und so lange kochen lassen, bis die Nudelstücke weich sind.
6. Regelmäßig umrühren, um zu verhindern, dass die Nudeln zusammenkleben. Das braucht etwa 5 bis 10 Minuten.
7. Passierte Tomaten und Wasser hinzugeben, damit die Masse nicht zu fest wird.
8. Alles fein pürieren.

Topinambur-Kartoffelbrei mit Ente

5 Portionen

Zutaten	Zubereitungszeit
6	40 Minuten

Zutaten:

- 250 g Kartoffeln
- 100 g Entenbrust
- 500 g Topinambur
- 4 EL Rapsöl
- 2 - 3 TL Petersilie, fein gehackt
- 4 - 6 EL Apfelsaft

Zubereitung:

1. Entenbrust in feine Streifen schneiden (quer zur Faser).
2. Topinambur und Kartoffeln unter fließendem Wasser gut abwaschen, dann schälen und in grobe Würfel schneiden.
3. In einem antihaftbeschichteten Topf 200 ml Wasser erhitzen, bis es kocht.
4. Topinambur, Kartoffeln und in den Topf geben, für 15 bis 20 Minuten garen lassen.
5. Öl, Petersilie und Apfelsaft hinzugeben. Die Mischung kurz pürieren, bis sie zu einem Brei wird.

Trinkbrei mit Wassermelone

Eine gute Idee: Babybrei zum Trinken

Zutaten	Zubereitungszeit
3	10 Minuten

Zutaten:

- 200 ml Vollmilch

- 20 g Reisflocken
- 50 g Wassermelone (reif und ohne Schale)

Zubereitung:

1. 100 ml Milch in einen antihaftbeschichteten Topf geben, Reisflocken hinzufügen, zum Kochen bringen, dabei ständig umrühren.
2. Mischung für 1 bis 2 Minuten kochen lassen.
3. Wassermelone vorbereiten: Kerne entfernen, Melone grob in Stücke zerkleinern.
4. Topf von der Hitze nehmen, dann Melonenstücke und die übrige Milch hinzugeben.
5. Alle Zutaten fein pürieren.
6. Trinkbrei nun eine Flasche umfüllen.
7. Wenn der Brei sich nach einer längeren Ruhezeit verdickt, mit Wasser (abgekocht) verdünnen.

Couscous mit Vanille

4 Portionen

Nicht nur bei Babys sehr beliebt: die süße Leckerei Couscous mit Vanille.

Zutaten	Zubereitungszeit
5	15 Minuten

Zutaten:

- 160 g Couscous
- 1 Packung Bourbon-Vanillezucker oder Vanilleschote

- 500 ml Vollmilch
- 40 g Butter
- 1 Prise Salz

Zubereitung:

1. Milch, Vanille und Salz in einem antihaftbeschichteten Topf aufkochen. Dann unter ständigem Rühren den Couscous in den Topf rieseln lassen, Topfinhalt nochmals aufkochen lassen.
2. Topf von der Hitze nehmen, dann Butter unterrühren.
3. Alles fein pürieren.

Ab 7 Monate

Neue Variationen von Polenta, Maroni und Couscous. Kohlrabi und gepuffter Amarant erweitern die Geschmackswelt des Babys weiter.

Rezept:	Anzahl der Zutaten	Zubereitungszeit	vegetarisch
Apfelbrei mit Mango, Banane und Papaya	4	45 Minuten	ja
Bulgurbrei mit Banane und Rosinen	5	25 Minuten	ja
Couscousbrei mit Banane	5	13 Minuten	ja
Couscousbrei mit Pfirsich	4	25 Minuten	ja
Dinkelbrei mit Quittenmus	6	10 Minuten	ja
Erdbeerbrei mit Brötchen und Pfefferminze	5	10 Minuten	ja
Gemüsemixbrei	7	20 Minuten	ja
Grießbrei mit Erdbeeren	4	15 Minuten	ja

Haferbrei mit Himbeeren	3	15 Minuten	nein
Haferbrei mit Mandeln und Erdbeeren	3	10 Minuten	ja
Kartoffelbrei mit Avocado	3	30 Minuten	ja
Karottenbrei mit Zwieback	4	25 Minuten	ja
Kartoffelbrei mit Zucchini und Pastinaken	5	45 Minuten	ja
Kartoffel-Kürbis-Zucchinibrei	5	35 Minuten	ja
Kohlrabi-Kartoffelbrei	5	25 Minuten	ja
Mangobrei	2	10 Minuten	ja
Maronibrei mit Trauben	4	25 Minuten	ja
Obstbrei mit Zwieback	5	5 Minuten	ja
Polentabrei mit Spinat	5	15 Minuten	nein
Polentabrei mit Spinat und Ei	5	15 Minuten	nein
Amarantbrei mit Früchten	5	10 Minuten	ja
Süßkartoffelbrei mit Kohlrabi	4	25 Minuten	ja
Süßkartoffelbrei mit Orange	4	1 Stunde 5 Minuten	nein

Apfelbrei mit Mango, Banane und Papaya

Papaya bestehen zu 90 Prozent aus Wasser. Sie enthalten viele Nährstoffe, unter anderem das verdauungsfördernde Enzym Papain.

Zutaten	Zubereitungszeit
4	45 Minuten

Zutaten:

- 1 Mango
- 2 Bananen
- 1 Papaya
- 500 g Apfel

Zubereitung:

1. Alles Obst gut unter fließendem Wasser abwaschen.
2. Apfel schälen, entfernen und in kleine Stücke schneiden.
3. 100 bis 150 ml Wasser in einen antihaftbeschichteten Topf geben, Apfelstücke hinzugeben, für 10 bis 15 Minuten kochen, bis die Äpfel weich sind.
4. Mango, Papaya und Banane schälen, Kerne entfernen, in Würfel bzw. kleine Stücke schneiden.
5. Kurz bevor die Äpfel gar sind, nach etwa 8 bis 10 Minuten, zu den Äpfeln geben, einrühren und für kurze Zeit mitkochen.
6. Obststücke kurze Zeit abkühlen lassen, dann fein pürieren.

Bulgurbrei mit Banane und Rosinen

Wie Couscous wird Bulgur aus Weizenkörnern hergestellt. Bulgur enthält sehr viele Nährstoffe, unter anderem die verschiedenen B-Vitamine.

Zutaten	Zubereitungszeit
5	25 Minuten

Zutaten:

- 2 EL Bulgur

- 1/2 Banane
- 1 TL Rosinen
- 1 Mandarine
- 1 TL Butter

Zubereitung:

1. In einem antihaftbeschichteten Topf 70 ml Wasser (kochend) über den Bulgur gießen.
2. Rosinen unter fließendem Wasser abwaschen, dann unter den Bulgurbrei heben.
3. Für etwa 15 Minuten ziehen bzw. quellen lassen.
4. Banane schälen, dann in grobe Stücke zerkleinern und fein pürieren.
5. Bananenbrei und Butter unter den Bulgurbrei heben.
6. Die Mandarine schälen, Kerne entfernen, Fruchtfleisch in kleine Stücke schneiden, dann unter die Bulgurmasse heben.

Couscousbrei mit Banane

Zutaten	Zubereitungszeit
5	13 Minuten

Zutaten:

- 100 g Banane
- 20 g Couscous
- 1 TL Butter
- 3 EL Apfelsaft

- 90 ml Wasser

Zubereitung:

1. In einem antihaftbeschichteten Topf 90 ml Wasser erhitzen.
2. Couscous in das kochende Wasser einrühren. Zum Kochen bringen.
3. Topf von der Hitze nehmen. Couscous für etwa 3 Minuten aufquellen lassen.
4. Die Banane in kleine Stücke schneiden, dann Bananenstücke, Apfelsaft und Butter in den Couscous einrühren.
5. Alles fein pürieren.

Couscousbrei mit Pfirsich

Zutaten	Zubereitungszeit
4	25 Minuten

Zutaten:

- 3 EL Couscous
- 1 Pfirsich
- 5 TL gemahlene Mandeln
- 1 TL Sahne

Zubereitung:

1. 6 EL Wasser in einem antihaftbeschichteten Topf zum Kochen bringen.
2. Couscous einrühren.
3. Topf von der Hitze nehmen. Couscous nun für 10 Minuten quellen lassen.

4. Pfirsich zunächst unter fließendem Wasser abwaschen, dann mit kochendem Wasser übergießen. Nun Haut und Stein bzw. Kern entfernen. Pfirsich in Stücke schneiden und mit Sahne pürieren.

5. Mandeln in den Pfirsichbrei einrühren. Pfirsichbrei und Couscous vermischen.

Dinkelbrei mit Quittenmus

Zutaten	Zubereitungszeit
6	10 Minuten

Zutaten:

Quittenmus

- 100 ml Apfelsaft
- 2 (ca. 500 g) Birnenquitten

Brei

- 20 g Dinkelvollkornflocken
- 100 g Quittenmus
- 1 TL Rapsöl
- 2 EL Apfelsaft

Zubereitung:

1. Durch Waschen den Pelz von der Quittenschale abreiben.
2. Auf einem gut gereinigten Schneidebrett die Quitte verarbeiten: Zunächst halbieren, dann in Viertel schneiden. Als Nächstes das Kerngehäuse entfernen. Die Frucht in kleine Stücke schneiden.

3. Quitten mit 100 ml Wasser in einen Topf geben und aufkochen. Topf mit einem Deckel schließen, dann die Mischung für etwa 30 Minuten weich dünsten, dann zu einem Brei pürieren.
4. Apfelsaft nach etwa 15 Minuten hinzufügen.
5. Mus in Portionen zu je 100 Gramm unterteilen. Mit Ausnahme einer Portion einfrieren.
6. 100 ml Wasser mit Dinkelflocken in einen Topf geben und aufkochen. Von der Hitze nehmen.
7. Apfelsaft, Quittenmus und Öl in den Brei einrühren.

Erdbeerbrei mit Brötchen und Pfefferminze

Zutaten	Zubereitungszeit
5	10 Minuten

Zutaten:

- nicht zu harte Brotreste (20 g) oder 1/2 altbackenes Brötchen
- 100 g Bio-Erdbeeren
- 1 TL Rapsöl
- 2 EL Apfelsaft
- 2 Blätter frische Pfefferminze

Zubereitung:

1. Die Bio-Erdbeeren unter fließendem Wasser gut abwaschen, Stängelansätze herausschneiden, die Erdbeeren in Hälften teilen.
2. Das alte Brötchen in kleine Stücke rupfen, in einer Schüssel mit Apfelsaft beträufeln. Alles gut verrühren. Kurz ruhen lassen.

3. Öl, Erdbeerhälften und Minzeblätter zu den eingeweichten Brötchenstücken geben, nun alles fein pürieren.

Gemüsemixbrei

4 Portionen

Zutaten	Zubereitungszeit
7	20 Minuten

Zutaten:

- 80 g Kartoffeln
- 80 g Karotten
- 80 g Brokkoli
- 80 g Zucchini
- 80 g Tomaten
- 80 g Blumenkohl
- 40 g Olivenöl oder Butter

Zubereitung:

1. Alles Gemüse unter fließendem Wasser gründlich abwaschen.
2. Kartoffeln und Karotten zunächst schalen, dann in kleine Stükke schneiden.
3. Zucchini säubern, in kleine Stücke teilen.
4. Blumenkohl und Brokkoli nach dem Waschen putzen und klein schneiden.
5. Ebenso die Stielansätze von den Tomaten abschneiden, dann in Hälften schneiden.

6. Einen antihaftbeschichteten Topf mit Wasser füllen, dann das Gemüse in diesem Topf garen, bis es weich ist.
7. Butter oder ÖL hinzugeben. Alles fein pürieren.

Grießbrei mit Erdbeeren

Zutaten	Zubereitungszeit
4	15 Minuten

Zutaten:

- 20 g Grieß
- 50 g Erdbeeren
- 90 ml Wasser
- 1 TL Butter

Zubereitung:

1. In einem antihaftbeschichteten Top 90 ml Wasser aufkochen, dann mit dem Schneebesen Grieß einrühren. Beides zum Kochen bringen.
2. Brei von der Hitze nehmen, dann für circa 5 Minuten aufquellen lassen.
3. Erdbeeren unter fließendem Wasser abwaschen, dann in kleine Würfel schneiden.
4. Butter und Erdbeerstücke in den Grieß geben. Alles fein pürieren.

Haferbrei mit Himbeeren

Abendbrei

Zutaten	Zubereitungszeit
3	15 Minuten

Zutaten:

- 200 ml Vollmilch
- 3 EL Himbeeren, gefroren oder frisch
- 20 g Haferflocken, zart

Zubereitung:

1. Himbeeren auftauen lassen bzw. putzen durch ein Sieb drükken, um die Kerne zu entfernen.
2. Die Haferflocken und 100 ml Milch ein einem antihaftbeschichteten kleinen Topf vermischen, dann kurz aufkochen lassen.
3. Die Haferflocken-Milch-Mischung unter ständigem Rühren für 1 bis 2 Minuten köcheln lassen.
4. Den Topf von der Hitze nehmen, Himbeermus und restliche Milch unterrühren.

Haferbrei mit Mandeln und Erdbeeren

Zutaten	Zubereitungszeit
3	10 Minuten

Zutaten:

- 30 g Haferflocken (instant)
- 100 g Bio-Erdbeeren
- 15 g Mandeln, geschält

Zubereitung:

1. Die Bio-Erdbeeren unter fließendem Wasser waschen, dann putzen und in Hälften teilen.

2. Mandeln in Stücke hacken.
3. Erdbeeren, Mandelstücke, Haferflocken und 3 EL Wasser fein pürieren.
4. Haferbrei etwas ruhen lassen. Bei Bedarf (falls der Brei zu dick ist), noch etwas Wasser hinzufügen.

Kartoffelbrei mit Avocado

5 Portionen

Zutaten	Zubereitungszeit
3	30 Minuten

Zutaten:

- 750 g Kartoffeln
- 2 Avocados
- 200 ml Wasser

Zubereitung:

1. Alle Zutaten vor der Verarbeitung gut unter fließendem Wasser abwaschen.
2. Die Kartoffeln zunächst schälen, dann Kartoffeln in Scheiben teilen.
3. 200 ml Wasser in einen antihaftbeschichteten Topf gießen, Kartoffelscheiben hineingeben, dann für etwa 20 Minuten kochen lassen. Die Kartoffeln müssen weich werden.
4. Währenddessen die Avocados vorsichtig verarbeiten: Erst schälen, dann würfeln und Kern entfernen.
5. Topf von der Hitze nehmen, wenn die Kartoffeln weich sind, dann die Avocadowürfel hineingeben.

6. Alles fein pürieren.

Karottenbrei mit Zwieback

Zutaten	Zubereitungszeit
4	25 Minuten

Zutaten:

- 2 Scheiben Zwieback (Vollkorn)
- 1 (ca. 100 g) Karotte
- 1 EL Orangensaft
- 1 EL Sesamcreme (Tahini)

Zubereitung:

1. Karotte verarbeiten: Gut abwaschen, schälen, dann in kleine Stücke schneiden.
2. Karottenstücke mit 3 bis 4 EL Wasser in einen Topf geben, dann für 15 Minuten kochen.
3. Gekochte Karotte fein pürieren.
4. Zwiebackscheiben in einen Gefrierbeutel füllen. Zwieback zerkleinern, zum Beispiel mit einem Nudelholz.
5. Karotte mit Sesamcreme, Orangensaft und Zwiebackbröseln grob vermischen. Die Mischung für 1 Minute ziehen lassen.

Kartoffelbrei mit Zucchini und Pastinaken

4 Portionen

Zutaten	Zubereitungszeit
5	45 Minuten

Zutaten:

- 150 g Kartoffeln
- 300 g Zucchini
- 300 g Pastinaken
- 100 ml Wasser
- nach Bedarf Öl (Raps- oder Olivenöl) – 1 TL auf 100 g Kartoffelbrei

Zubereitung:

1. Alle Zutaten vor der Verarbeitung gut unter fließendem Wasser abwaschen.
2. Kartoffeln, Pastinaken und Zucchini schälen und dann in kleine Stücke schneiden.
3. Wasser in einen antihaftbeschichteten Topf geben, Kartoffeln und Pastinaken hinzufügen und aufkochen. Auf niedriger Stufe für 10 Minuten weiterkochen lassen.
4. Zucchinistücke hinzufügen, dann weiterkochen lassen für 5 bis 10 Minuten. Wenn alle Gemüsetücke weich sind, alles fein pürieren.

Kartoffel-Kürbis-Zucchinibrei

3 Portionen

Zutaten	Zubereitungszeit
5	35 Minuten

Zutaten:

- 100 g Kartoffeln
- 100 g Kürbis

- 100 g Zucchini
- 1 TL Öl
- 175 ml Wasser

Zubereitung:

1. Kartoffeln, Zucchini und Kürbis unter fließendem Wasser gut abwaschen.
2. Kartoffeln und Zucchini schälen.
3. Kürbis schälen (Ausnahme: Hokkaidokürbis. Bei diesem kann die Schale mitgegessen werden).
4. Gemüse in kleine Stücke teilen.
5. 175 ml Wasser in einen antihaftbeschichteten Topf geben. Gemüsestücke hinzufügen.
6. Gemüse aufkochen, dann Gemüse für etwa 20 Minuten kochen lassen, bis das Gemüse weich ist.
7. Gemüse pürieren.
8. Nach dem Auftauen (bei Einfrieren), oder direkt vor dem Füttern, Öl hinzugeben.

Kohlrabi-Kartoffelbrei

3 Portionen

Zutaten	Zubereitungszeit
5	25 Minuten

Zutaten:

- 2 Kartoffeln
- 1 Kohlrabi

- 1 Karotte
- Petersilie, nach Bedarf
- Rapsöl, nach Bedarf

Zubereitung:

1. Alle Zutaten unter fließendem Wasser abwaschen.
2. Kohlrabi, Karotte und Kartoffeln in kleine Stücke schneiden.
3. Für 15 bis 20 Minuten dämpfen, zum Beispiel in einem Dampfgarer.
4. Währenddessen Petersilie, Menge nach eigenem Geschmack, in kleine Stücke zerschneiden.
5. Petersilie, Gemüse und etwas Rapsöl fein pürieren.

Mangobrei

Zutaten	Zubereitungszeit
2	10 Minuten

Zutaten:

- 1 Mango
- 1 TL Rapsöl

Zubereitung:

1. Mango unter fließendem Wasser abwaschen, dann schälen und entkernen.
2. Mango in Stücke schneiden. Mangostücke fein pürieren.
3. Rapsöl unterrühren.

Maronibrei mit Trauben

Zutaten	Zubereitungszeit
4	25 Minuten

Zutaten:

- 100 g Weintrauben
- 80 g Maroni (frisch in der Schale, alternativ 50 g gegarte und geschälte Maroni)
- 1 TL Rapsöl
- 1 TL Haferflocken

Zubereitung:

1. Den Backofen vorheizen (220 °C).
2. Mit einem scharfen Messer die Maroni kreuzweise an den Spitzen einschneiden, dann einlagig auf einem Backblech verteilen.
3. Für circa 15 Minuten die Maroni im Backofen backen, dann herausnehmen. Unter kaltem Wasser werden die Maroni dann abgeschreckt und geschält.
4. Für kleine Babys sollte die Maronihaut abgezogen werden, Ältere können sie mitessen.
5. Weintrauben verarbeiten: Unter fließendem Wasser abwaschen, in Hälften schneiden und dann die Traubenkerne entfernen.
6. Maroni, Trauben, Öl und Haferflocken fein pürieren.

Obstbrei mit Zwieback

Zutaten	Zubereitungszeit
5	5 Minuten

Zutaten:

- 1/2 Bio-Banane
- 100 ml Wasser, gekocht
- 3 Zwiebackstücke (Dinkel, Bio)
- 1 EL Karottensaft
- 1 TL Öl, z. B. Olivenöl

Zubereitung:

1. In einer Schüssel den Zwieback in heißem Wasser einweichen lassen.
2. Öl und Karottensaft hinzufügen.
3. Je nach Geschmack und Kindesalter Bananenscheiben hinzufügen.
4. Alles fein pürieren.

Polentabrei mit Spinat

Zutaten	Zubereitungszeit
5	15 Minuten

Zutaten:

- 20 g Hühnerbrustfilet
- 100 g Blattspinat
- 1 EL Rapsöl

- 20 g Maisgrieß (Polenta)
- 50 ml Apfelsaft

Zubereitung:

1. Blattspinat putzen (grobe Stiele und Wurzeln entfernen) gut waschen, dann etwas trocken schütteln. Die Blätter in grobe Stücke hacken.
2. Das Hühnerbrustfilet unter fließendem Wasser abwaschen, dann mit einem Papiertuch trocken tupfen und mit einem scharfen Messer in feine Streifen schneiden.
3. 150 ml Wasser in einen antihaftbeschichteten Topf gießen. Polenta und Hühnerbruststreifen hinzugeben, dann Topf mit einem Deckel schließen. Alles für etwa 5 Minuten dünsten. Nach eigenem Bedarf noch etwas Wasser hinzufügen.
4. Gehackte Spinatblätter hinzugeben. Topfinhalt noch einmal aufkochen lassen.
5. Topf vom Herd nehmen, alle Zutaten fein pürieren. Apfelsaft und Öl unterrühren.
6. Falls der Brei nach einiger Ruhezeit fest wird, durch das Unterrühren von heißem Wasser verflüssigen.

Polentabrei mit Spinat und Ei

Zutaten	Zubereitungszeit
5	15 Minuten

Zutaten:

- 20 g Polentagrieß
- 1 Ei

- 80 g gehackter Spinat, tiefgefroren
- 1 EL Orangensaft
- 2 TL Rapsöl

Zubereitung:

1. Polenta in einem antihaftbeschichteten Topf mit 150 ml Wasser zum Kochen bringen. Deckel schließen, für etwa 10 Minuten köcheln lassen.
2. Spinatstückchen tiefgefroren hinzugeben. Spinat einrühren und unter ständigem Rühren kochen lassen.
3. Das Ei mit einer Gabel oder einem Schneebesen verquirlen. Rapsöl und verquirltes Ei unter ständigem Rühren einrühren, währenddessen nochmals zum Kochen bringen.
4. Orangensaft einrühren, bei Bedarf pürieren.

Amarantbrei mit Früchten

Amarant ist glutenfrei, schmeckt nussig und kann sehr abwechslungsreich zubereitet werden. Eine Variante ist dieser Amarantbrei mit Früchten.

Zutaten	Zubereitungszeit
5	10 Minuten

Zutaten:

- 7 bis 8 (60 g) Kirschen
- 1/3 (50 g) Banane, klein
- 1 TL Rapsöl
- 3 - 4 EL Wasser oder Saft

- 20 g gepuffter Amarant

Zubereitung:

1. Früchte vorbereiten: Kirschen gut waschen, Steine entfernen. Banane schälen und in Stücke schneiden. Banane und Kirschen pürieren.
2. Dem Brei 3 bis 4 EL Wasser und das Rapsöl hinzugeben.
3. Obstmus und gepufften Amarant gut verrühren.

Süßkartoffelbrei mit Kohlrabi

Zutaten	Zubereitungszeit
4	25 Minuten

Zutaten:

- 50 g Süßkartoffeln
- 100 g Kohlrabi
- 100 ml Wasser
- 1 TL Öl nach eigener Wahl, zum Beispiel Rapsöl oder Olivenöl

Zubereitung:

1. Alle Zutaten vor der Verarbeitung gründlich unter fließendem Wasser abwaschen.
2. Süßkartoffel und Kohlrabi schälen, in Würfel schneiden, dabei holzige Stellen aus dem Kohlrabi entfernen.
3. 100 ml Wasser in einen antihaftbeschichteten Topf gießen. Gemüse hinzufügen, dann Deckel schließen. Gemüse für 15 bis 20 Minuten kochen lassen, bis alle Gemüsewürfel weich sind.

4. Fein pürieren.
5. Öl in den servierfertigen Brei (direkt nach dem Kochen oder Auftauen) einrühren. 1 TL Öl pro 100 g Brei.

Süßkartoffelbrei mit Orange

3 Portionen

Zutaten	Zubereitungszeit
4	1 Stunde 5 Minuten

Zutaten:

- 1 mittelgroße Süßkartoffel
- 2 EL Milchpulver
- 2 EL Orangensaft, frisch ausgepresst
- 1 TL Rapsöl

Zubereitung:

1. Süßkartoffel gut abwaschen, dann ungeschält in eine feuerfeste Auflaufform legen.
2. Bei 200 °C im Backofen backen, bis sie durch ist. Zeitbedarf: bis zu einer Stunde.
3. Süßkartoffel dann etwas abkühlen lassen. Die Kartoffel schälen. Rapsöl, Orangensaft und Babymilch hinzugeben, alles zu einem glatten Brei pürieren.

Ab 8 Monate

Der Speiseplan des Babys erweitert sich, Breigerichte müssen nicht mehr fein püriert werden. Sie können auch stückig gefüttert werden.

Wie genau ihr den Übergang zu „Fingerfood“ gestaltet, bestimmt ihr selbst.

Rezept:	Anzahl der Zutaten	Zubereitungszeit	vegetarisch
Bircher-Müslibrei	7	20 Minuten	ja
Gemüse-Fleisch-Kartoffelbrei	7	50 Minuten	nein
Kartoffelbrei mit Kohlrabi und Seelachs	5	30 Minuten	nein
Kartoffelbrei mit Kürbis und Äpfeln	6	40 Minuten	ja
Kartoffel-Kürbisbrei, gewürzt mit Tahini	5	25 Minuten	ja
Mirabellenbrei mit Zwieback	4	15 Minuten	ja
Porreebrei mit Lachs	5	30 Minuten	nein
Rote-Bete-Kartoffelbrei	3	25 Minuten	ja
Süßkartoffelpüree	9	40 Minuten	ja

Bircher-Müslibrei

Zutaten	Zubereitungszeit
7	20 Minuten

Zutaten:

- 30 g feine Haferflocken
- 5 g Butter
- 1/2 geriebener Apfel
- 1/2 Banane, zerdrückt

- 1 Feige, getrocknet und nicht geschwefelt
- 50 ml Wasser
- 100 ml Milch

Zubereitung:

1. In einem antihaftbeschichteten Topf die Butter schmelzen lassen.
2. Getrocknete Feige würfeln, möglichst klein. Dann den halben Apfel raspeln.
3. Apfel und Feige für ein paar Minuten in der Butter anschwitzen.
4. Die Haferflocken unter Rühren in die Mischung einstreuen.
5. Wasser und Milch in den Topf geben.
6. Alle Zutaten für ein paar Minuten unter ständigem Rühren und auf niedriger Stufe kochen lassen, bis die Masse eine breiartige Konsistenz hat.
7. In einer Servier- oder Müslischüssel die Banane zerdrücken, dann den Brei hinzugeben, gut umrühren.

Gemüse-Fleisch-Kartoffelbrei

12 Portionen

Zutaten	Zubereitungszeit
7	50 Minuten

Zutaten:

- 500 g Kartoffeln
- 1 kg Gemüse, z. B. Kohlrabi, Brokkoli, Karotten

- 300 g Hähnchen, Rind- oder Kalbfleisch
- 400 g Apfel
- 500 ml Wasser
- 100 g Haferflocken, zart
- 100 ml Öl

Zubereitung:

1. Kartoffeln und Gemüse und fließendem Wasser abwaschen, dann putzen und in kleine Würfel schneiden.
2. In einen antihaftbeschichteten Topf geben. Beides mit etwas Wasser und dem in kleine Würfel geschnittenen Hähnchenfleisch aufkochen lassen.
3. Auf niedriger Stufe weich kochen.
4. Äpfel unter fließendem Wasser abwaschen, dann schälen, entkernen und in Stücke schneiden.
5. Die Äpfel in etwas Wasser dünsten. Kurz bevor die Äpfel fertig gekocht sind, Kartoffeln und Gemüse den Äpfeln hinzugeben. Alles für wenige Minuten kochen lassen.
6. Haferflocken unterrühren und unter ständigem Rühren zum Kochen bringen.
7. Öl einrühren.
8. Mischung ein wenig abkühlen lassen, dann fein pürieren.

Kartoffelbrei mit Kohlrabi und Seelachs

4 Portionen

Zutaten	Zubereitungszeit
5	30 Minuten

Zutaten:

- 1 (200 g) Kohlrabi)
- 4 (320 g) Kartoffeln
- 100 g Seelachsfilet
- 4 TL Rapsöl
- 5 - 6 EL Apfelsaft

Zubereitung:

1. Kartoffeln unter fließendem Wasser waschen, mit Wasser bedeckt in einem Topf für 15 bis 20 Minuten, mit Schale, kochen.
2. Kohlrabi unter fließendem Wasser waschen und anschließend schälen.
3. Kohlrabi in kleine Stücke schneiden, in einem antihaftbeschichteten Topf andünsten (mit 2 TL Öl). 2 bis 3 EL Wasser hinzufügen, Deckel schließen, für 15 Minuten dünsten. Falls nötig, weiteres Wasser hinzugeben.
4. Seelachsfilets abwaschen, dann abtupfen mit Küchenpapier. Seelachsfilet auf das Kohlrabigemüse legen. Fisch für 2 bis 3 Minuten garen lassen.
5. Kohlrabi und Seelachs fein pürieren.
6. Die Kartoffeln schälen, fein zerstampfen oder durch eine Kartoffelpresse drücken.
7. Kartoffelbrei mit 3 TL Rapsöl und Apfelsaft zu der Kohlrabi-Fischmischung geben.

Kartoffelbrei mit Kürbis und Äpfeln

5 Portionen

Zutaten	Zubereitungszeit
6	40 Minuten

Zutaten:

- 500 g (Hokkaido-)Kürbis
- 250 g Kartoffeln
- 150 g Äpfel nach eigener Wahl
- 50 g Haferflocken, zart
- 5 EL Rapsöl
- 100 ml Apfelsaft

Zubereitung:

1. Die Kartoffeln unter fließendem Wasser gut abwaschen, dann schälen, nochmals abspülen und in grobe Würfel schneiden.
2. Kürbis ebenso unter fließendem Wasser gut waschen, dann entkernen und in grobe Würfel teilen.
3. 150 ml Wasser in einen antihaftbeschichteten Topf geben, die Kartoffel- und Kürbiswürfel hinzugeben. Alles für etwa 15 Minuten köcheln lassen.
4. Währenddessen die Äpfel verarbeiten (gut abwaschen, dann schälen, in Viertel schneiden, Kerne entfernen und Äpfel zerkleinern).
5. Sobald die Kartoffel- und Kürbisstücke weich sind, können die Haferflocken und die Apfelstücke untergerührt werden.
6. Mischung für etwa 2 Minuten kochen lassen, dann von der Hitze nehmen.

7. Öl und Apfelsaft hinzufügen, dann alle Zutaten pürieren.
8. (Optional) etwas Wasser hinzugeben, um die Mischung zu verdünnen.

Kartoffel-Kürbisbrei, gewürzt mit Tahini

Zutaten	Zubereitungszeit
5	25 Minuten

Zutaten:

- 1 (50 g) Kartoffel
- 100 g (Hokkaido-)Kürbis
- 4 EL Orangensaft
- 1 EL Rapsöl
- 1 TL Tahini (Sesamcreme)

Zubereitung:

1. Den (Hokkaido-)Kürbis unter fließendem Wasser abwaschen, dann in kleine Stücke schneiden. Schale und Kerne können entfernt oder mitgegessen werden.
2. Die Kartoffel gründlich abwaschen, dann schälen und in kleine Würfel schneiden.
3. 100 ml Wasser in einen antihaftbeschichteten Topf geben, Kürbis und Kartoffel hinzugeben und zum Kochen bringen. Topf mit einem Deckel schließen. Auf niedriger Stufe für etwa 15 Minuten kochen lassen.
4. Topf von der Hitze nehmen.

5. Tahini und Orangensaft hinzugeben, alle Zutaten fein pürieren.
6. Öl zum Schluss unterrühren.

Mirabellenbrei mit Zwieback

Zutaten	Zubereitungszeit
4	15 Minuten

Zutaten:

- 2 Stücke Vollkornzwieback
- 100 g Mirabellen
- 2 EL Apfelsaft
- 1 TL Rapsöl

Zubereitung:

1. Mirabellen vorbereiten (unter fließendem Wasser waschen, Steine entfernen), dann mit 2 EL Apfelsaft in einen antihaftbeschichteten Topf geben. Bei niedriger Stufe für 5 Minuten dünsten. Fein pürieren.
2. Zwiebackstücke in einen Gefrierbeutel geben und dann zerkleinern, z. B. mit einem Nudelholz.
3. Zwiebackbrösel und Öl zum Mirabellenmus geben und beides unterrühren.
4. (Optional) Brei mit etwas abgekochtem Wasser verdünnen.

Porreebrei mit Lachs

Zutaten	Zubereitungszeit
5	30 Minuten

Zutaten:

- 100 g Porree
- Kartoffeln, circa 60 g
- 40 g Lachsfilet, tiefgekühlt oder frisch
- 2 - 3 EL Orangensaft
- 1 TL Rapsöl

Zubereitung:

1. Kartoffeln unter fließendem Wasser abwaschen, dann schälen und in Würfel schneiden.
2. Den Lauch (Porree) putzen, längsseitig aufschneiden, noch einmal unter fließendem Wasser abwaschen und dann mit einem scharfen Messer in Ringe schneiden.
3. In einem antihaftbeschichteten Topf Wasser zum Kochen bringen. Topf mit einem Deckel schließen und Gemüse dann für etwa 10 Minuten kochen lassen.
4. Lachsfilet (falls nötig) auftauen, dann gut unter fließendem Wasser abwaschen, mit einem Papierküchentuch trocken tupfen. Lachs mit einem scharfen Messer in Stücke (z. B. Würfel) schneiden.
5. 4 Minuten vor Ende der Garzeit, also nach 6 Minuten, den Lachs zum Gemüse geben und beides für 4 Minuten garen.
6. Orangensaft und Rapsöl hinzugeben. Alles fein pürieren.

Rote-Bete-Kartoffelbrei

Zutaten	Zubereitungszeit
3	25 Minuten

Zutaten:

- 75 g Rote Bete
- 1 (ca. 60 g) Kartoffel
- 1 EL Haferflocken, zart
- 40 ml Apfelsaft
- 1 TL Rapsöl
- 3 Walnusshälften

Zubereitung:

1. Rote Bete und Kartoffel gut abwaschen und schälen, dann klein schneiden.
2. 60 ml Wasser in einen Topf geben, Rote Bete und Kartoffelstücke hineingeben. Auf niedriger Stufe für 15 Minuten kochen.
3. Haferflocken unter Rühren in die Mischung streuen, falls nötig, Wasser hinzugeben. Weitere 3 Minuten kochen lassen, dabei ständig rühren.
4. Topf von der Hitze nehmen.
5. Apfelsaft, Öl und Walnusshälften hinzugeben. Brei mit einem Handmixer fein pürieren.

Süßkartoffelpüree

2 Portionen

Zutaten	Zubereitungszeit
9	40 Minuten

Zutaten:

- 4 (200 g) Kartoffeln
- 1 (420 g) Süßkartoffel
- 1 TL Salz (optional)
- 1 l Wasser
- etwas Pfeffer
- etwas Muskatnuss, gerieben
- 2 EL Butter
- 2 Schuss Sahne
- 1 Schuss Milch

Zubereitung:

1. Kartoffeln und Süßkartoffel gut unter fließendem Wasser abwaschen, dann schälen sowie in kleine Würfel schneiden.
2. Einen antihaftbeschichteten Topf mit Wasser füllen, etwas Salz hineingeben, dann zum Kochen bringen.
3. Kartoffel- und Süßkartoffelwürfel in das kochende Wasser geben.
4. Deckel schließen, dann alles bei mittlerer Temperatur für 25 Minuten weiterkochen lassen, bis die Kartoffeln weich gekocht sind.
5. Dann das Wasser abgießen.
6. Milch, Sahne, etwas Pfeffer Muskat und die Butter zu den Kartoffeln geben. Alles fein pürieren.

Ab 9 Monate

Gegen Ende des ersten Lebensjahres verläuft der Übergang zu fester Nahrung fließend, über Brei mit Milchprodukten und weichen und klein geschnitten babygerechten Gerichten. Du darfst kreativ sein. Lass dich inspirieren!

Was isst du täglich? Viele Gerichte können für Babys angepasst werden. Lass Gewürze weg, verzichte auf Salz und ersetze gegebenenfalls Milchprodukte durch laktosefreie Alternativen.

Rezept:	**Anzahl der Zutaten**	**Zubereitungszeit**	**vegetarisch**
Amarant-Fruchtjoghurtbrei	4	10 Minuten	nein
Bolognese-Brei	8	30 Minuten	nein
Brei aus Fischfilet, mit Orangensaft	6	40 Minuten	nein
Mangobrei mit Apfel und Himbeeren	4	15 Minuten	ja

Amarant-Fruchtjoghurtbrei

Zutaten	Zubereitungszeit
4	10 Minuten

Zutaten:

- 50 g Obst, frisch gerieben, zum Beispiel Banane, Birne, Apfel
- 50 g Fruchtmark, ohne Zucker
- 50 g Naturjoghurt
- 4 EL Amarant, gepufft

Zubereitung:

1. Fruchtmark mit Joghurt verrühren. Dann Amarant unter die Masse rühren. Mischung für ein paar Minuten ziehen lassen.
2. Obstbrei einrühren, kurz ziehen lassen.

Bolognese-Brei

5 Portionen

Zutaten	Zubereitungszeit
8	30 Minuten

Zutaten:

- 100 g Hackfleisch
- 250 g Zucchini
- 250 g Karotten
- 20 g Butter
- 5 EL Rapsöl
- 50 ml Tomaten, passiert
- 100 ml Karottensaft
- 125 g Spaghetti

Zubereitung:

1. Karotten und Zucchini unter fließendem Wasser abwaschen, schälen, dann in Würfel schneiden.
2. In einem antihaftbeschichteten Topf die Butter schmelzen lassen.

3. Auf niedriger Stufe das Hackfleisch und das Gemüse andünsten, für etwa 5 Minuten.
4. Tomaten, Karottensaft und Spaghetti hinzufügen. Die Mischung für 10 Minuten kochen lassen.
5. Topf von der Hitze nehmen. Die Zutaten fein pürieren.
6. Wasser nach Bedarf hinzufügen.
7. Vor dem Verzehr pro Portion jeweils 1 EL Öl einrühren.

Brei aus Fischfilet, mit Orangensaft

5 Portionen

Zutaten	Zubereitungszeit
6	40 Minuten

Zutaten:

- 225 g Fischfilet, z. B. Schellfisch, Seelachs ohne Gräten und Haut
- 40 g Cheddar, gerieben
- 125 ml Orangensaft, frisch gepresst
- 15 g Butter (ohne Salz)
- 25 g Cornflakes
- 1 EL Petersilie, frisch

Zubereitung:

1. In einer Schüssel die Cornflakes zerdrücken.
2. Petersilie in kleine Stücke hacken.

3. Fischfilet (tiefgekühlt, dann zunächst auftauen lassen, oder frisch) wird in eine Auflaufform gelegt.
4. Cornflakes, Orangensaft, Petersilie und Cheddar über dem Fisch verteilen.
5. Butter in kleine Stücke teilen, dann verteilt auf den Fisch legen.
6. Alufolie auf die Auflaufform legen. Bei 180 °C (Ober-/Unterhitze) Backofen vorheizen, dann den Fisch in der Auflaufform für 20 Minuten garen.
7. Fisch eine Weile abkühlen lassen. Fisch auf Restgräten untersuchen und ggf. vollständig entfernen.
8. Fisch und Orangensaftmischung vermengen.
9. Alles zerkleinern bzw. pürieren.

Mangobrei mit Apfel und Himbeeren

4 Portionen

Zutaten	Zubereitungszeit
4	15 Minuten

Zutaten:

- 300 g Mango (frisch oder tiefgekühlt)
- 25 g Himbeeren
- 1 Apfel
- 1 TL Rapsöl
- 100 ml Wasser

Zubereitung:

1. Obst unter fließendem Wasser gut abwaschen.
2. Apfel und Mango schälen, dann entkernen, grob in Stücke schneiden.
3. Obst in einen antihaftbeschichteten Topf geben und dann mit Wasser knapp bedecken. Obst kurz zum Kochen bringen, für 5 Minuten auf niedriger Stufe kochen, bis alles weich ist. Fein pürieren.
4. Kurz vor dem Servieren Öl einrühren. 1 TL Öl auf 100 Gramm des Breis.

Ab 10 Monate

Spätestens ab dem 10. Monat wirst du schon einen Großteil der Beikost als mundgerechte Stücke füttern. Lieblingsbreis wird dein Baby immer noch haben. Selbstverständlich kannst du diese Lieblingsgerichte immer noch verfüttern.

Gegen Ende des ersten Lebensjahres kannst du damit beginnen, Milch, Joghurt und Käse zu geben. Orientiere dich dabei bitte an der Empfehlung deines Kinderarztes oder deiner Kinderärztin. Milchprodukte können durch Alternativen ohne Laktose ersetzt werden, z. B. Mandel- oder Reismilch. Sei kreativ und passe die Rezepte durch alternative Zutaten an die Bedürfnisse deines Babys an.

Rezept:	Anzahl der Zutaten	Zubereitungszeit	vegetarisch
Getreide-Milchbrei	3	15 Minuten	nein
Kartoffelbrei mit Huhn und Kohlrabi	6	50 Minuten	nein
Milchbrei mit Haferflocken, Mais und Gemüse	5	13 Minuten	nein

Süßkartoffel-Karottenbrei mit Hackfleisch und Mais	6	60 Minuten	nein

Getreide-Milchbrei

Zutaten	Zubereitungszeit
3	15 Minuten

Zutaten:

- 20 g Grieß oder zarte Haferflocken
- 200 ml Vollmilch
- 2 bis 3 EL Bio-Obstpüree oder Obstsaft

Zubereitung:

1. Milch und Getreide in einen Topf geben und aufkochen lassen.
2. Unter Rühren bei niedriger Hitze wenige Minuten köcheln lassen.
3. Püree oder Saft hinzugeben.

Kartoffelbrei mit Huhn und Kohlrabi

Zutaten	Zubereitungszeit
6	50 Minuten

Zutaten:

- 300 g Kartoffeln
- 2 Karotten
- 1 Kohlrabi
- 150 g Hühnerbrust

- 1/2 l Wasser
- 1 EL Rapsöl oder Olivenöl

Zubereitung:

1. Alle Zutaten vor der Verarbeitung gut unter fließendem Wasser abwaschen.
2. Kohlrabi, Karotten und Kartoffeln schälen, dann würfeln (ca. 1 cm).
3. Hühnerbrust abspülen, dann trocken tupfen, würfeln (ca. 1 cm).
4. In einem antihaftbeschichteten Topf das Öl erhitzen. Fleisch- und Gemüsewürfel hinzugeben, für 2 bis 3 Minuten auf niedriger Stufe anbraten.
5. 1/2 l Wasser hinzugeben.
6. Mischung aufkochen, dann Topf schließen.
7. Alles zugedeckt für etwa 25 Minuten kochen lassen, regelmäßig umrühren.

Milchbrei mit Haferflocken, Mais und Gemüse

Zutaten	Zubereitungszeit
5	13 Minuten

Zutaten:

- 150 ml Milch
- 50 g Gemüse, z. B. Süßkartoffel, Karotten oder Zucchini
- 2 EL Haferflocken, zart
- 1 EL Mais aus der Dose

- 3 EL Wasser

Zubereitung:

1. Das Gemüse gut unter fließendem Wasser abwaschen.
2. Gemüse putzen, dann schälen und in kleine Stücke schneiden.
3. 3 EL Wasser in einen antihaftbeschichteten Topf geben das Gemüse (inklusive Mais) für 6 bis 8 Minuten dünsten, bis es weich ist.
4. Die 150 ml Milch und die Haferflocken einrühren.
5. Alle Zutaten zum Kochen bringen, dann für ein paar Minuten quellen lassen.
6. Fein pürieren.

Süßkartoffel-Karottenbrei mit Hackfleisch und Mais

10 Portionen

Zutaten	Zubereitungszeit
6	60 Minuten

Zutaten:

- 1 kg Karotten
- 1 kg Süßkartoffeln
- 300 g Mais, tiefgefroren oder aus der Dose
- 500 g Rinderhackfleisch
- 1 Zwiebel
- 2 Tomaten

Zubereitung:

1. Alle Zutaten vor der Verarbeitung unter fließendem Wasser waschen.
2. Karotten und Süßkartoffeln schälen, dann in Würfel schneiden.
3. Für 20 bis 30 Minuten kochen lassen, bis die Gemüsewürfel weich sind.
4. Zwiebel in Scheiben schneiden.
5. In ein wenig Öl Hackfleisch und Zwiebel anbraten.
6. Tomaten würfeln, dann Tomatenwürfel und Mais zum angebratenen Hackfleisch hinzufügen. Die Zutaten kochen lassen, bis alle Flüssigkeit verkocht ist.
7. Süßkartoffel- und Karottenstücke fein pürieren. Ggf. etwas Wasser (abgekocht) hinzugeben, bis eine breiartige Konsistenz erreicht wird.
8. Hackfleischmischung hinzugeben. Alle Zutaten so fein wie gewünscht pürieren.

3. Weitere Informationen

babybrei-selber-machen.de

Website, die Informationen über Beikost, Rezepte, E-Books und einen Blog bietet.

www.babycenter.de

Redaktionell unabhängige Website, mit praktischen Ratschlägen von Experten, einer Community und vielen Informationen rund um die Themen Kinderwunsch, Schwangerschaft, Baby, Kleinkind, Kindergartenkind und Familie.

www.dr-gumpert.de/html/beikost_bei_babys.html

Website, die Informationen zu zahlreichen medizinischen Themen bietet, auch zu Beikost bei Babys.

www.eltern.de

Website, die Informationen zu den Themen Kinderwunsch, Schwangerschaft, Baby, Kleinkind, Schulkind sowie Familie & Urlaub bietet. Abonnements der Elternzeitschrift werden angeboten.

www.hallo-eltern.de

Ratgeberportal mit Inspirationen und Anleitungen rund um die Themen Kinderwunsch, Schwangerschaft, Geburt, Baby- und Kinderentwicklung.

www.netmoms.de

Mütter-Netzwerk, Informationen und Kommunikation über die Themen Kinderwunsch, Schwangerschaft, Baby, Kinder, Familie und Gesundheit.

parenting.firstcry.com

Englischsprachige Website, die zahlreiche Informationen, Tools bzw. Hilfsmittel und Produkte bietet.

sweetlili.de

Blog über den Alltag junger Eltern.

Impressum

Cooking Academy wird vertreten durch:

Instyle Supply and Control Limited

20th Floor, Central Tower, 28

Queen's Road, Central, HK

Coverbilder

[creativelog] | [Fiverr]

Haftung für externe Links

Das Buch enthält Links zu externen Webseiten Dritter, auf deren Inhalt der Autor keinen Einfluss hat. Deshalb kann für die Inhalte externer Inhalte keine Gewähr übernommen werden. Für die Inhalte der verlinkten Webseiten ist der jeweilige Anbieter oder Betreiber der Webseite verantwortlich. Die verlinkten Seiten wurden zum Zeitpunkt der Verlinkung auf mögliche Rechtsverstöße überprüft. Rechtswidrige Inhalte waren zum Zeitpunkt der Verlinkung nicht erkennbar. Eine permanente inhaltliche Kontrolle der verlinkten Webseiten ist jedoch ohne konkrete Anhaltspunkte einer Rechtsverletzung nicht zumutbar. Bei Bekanntwerden von Rechtsverletzungen werden derartige Links umgehend entfernt.

Haftungsausschluss und allgemeiner Hinweis zu medizinischen Themen: Die hier dargestellten Inhalte dienen ausschließlich der neutralen Information und allgemeinen Weiterbildung. Sie stellen keine

Empfehlung oder Bewerbung der beschriebenen oder erwähnten diagnostischen Methoden, Behandlungen oder Arzneimittel dar. Der Text erhebt weder einen Anspruch auf Vollständigkeit noch kann die Aktualität, Richtigkeit und Ausgewogenheit der dargebotenen Information garantiert werden. Der Text ersetzt keinesfalls die fachliche Beratung durch einen Arzt oder Apotheker und er darf nicht als Grundlage zur eigenständigen Diagnose und Beginn, Änderung oder Beendigung einer Behandlung von Krankheiten verwendet werden. Konsultieren Sie bei gesundheitlichen Fragen oder Beschwerden immer den Arzt Ihres Vertrauens!

Printed in Poland
by Amazon Fulfillment
Poland Sp. z o.o., Wrocław

55571177R00075